男と女の理不尽な愉しみ

林 真理子 Hayashi Mariko
壇蜜 Dan Mitsu

まえがき

壇蜜さん、美しいだけでなく、実に頭のいい女性だと思っていた。一度対談させていただいた時、

「おっ、お話出来るな」

と感じたのであるが、時間がなく、その奥へ行くことが出来なかったもどかしさが残った。

今回数回にわたって、壇蜜さんとじっくりお話しさせていただけたのは幸福であった。彼女の魅力にすっかり引きずり込まれ、女の私でも胸がドキドキした。

読んでいただければわかるのだが、私は完全に聞き役となっている。が、壇蜜さんという希有（けう）な存在をうまく引き出せることが出来た。それだけが私の手柄だと思っている。

彼女のすごさは、私が2ぐらいで話しかけると、100ぐらいで返してくる。その大きさにおばさんの私はタジタジとなってしまうのである。しかし楽しいタジタジであった。壇蜜

さんのすごさを生の声で聞けたのだから、本当に貴重な時間であった。あの美しい顔で、おっかないことをさらりとおっしゃる、一座が息を呑む時が何度もあった。

こんなすごい女の人見たことない。それにひきかえ私は本当にふつうのおばさんだと思った。しかし聞き上手のおばさんということで、その価値はあっただろう。

林　真理子

二〇一七年九月

目次

まえがき ―― 3

第一章　結婚したい女たち ―― 13

テレビの仕事、出版界の仕事／いまは結婚より仕事／『逃げ恥』から『タラレバ』へ／出会いがないと嘆く女性には「損してみたら？」／男にとって「都合のよい女」とは／傷つくことに耐えられない人たち／「派遣の女」に手を出せない男たち／男も女も「養ってほしい」時代になる？／専業主婦願望の謎／離婚できないのはご先祖さまのせい!?／好色な男は大酒を飲まない／男という「鉢植え」が枯れないように水をやる

第二章　男と女の利害関係　47
男友達は出世欲がないほうがいい／利害関係なしの行きずりの楽しみを／男性への相談事は昼間にドトールかマックで／男に経済力を求めない／「旦那ありきの自分」がママタレの成功パターン／「女の花道」を早々に降りて芸能界に／本気で「欲しいものをあげるよ」／何でも許されると勘違いしている傲慢な男たち

第三章　女は「損」なのか？　71
女は男より「らしさ」を強制される／男性の不倫は復帰が早い／「みんなのミューズ」としての責任／ハワイがいちばん似合わないグラビア・アイドル／

女は心のどこかに「夜叉」を飼っている／
女性の支持を得るポイントは「ダメ人間」とつき合うこと／
男の経営者は「Mっ気」が強い／
SとMの二枚看板で行ければいいが……／LGBTをどう考えるか／
ファッションのお手本になる女性皇族を／
女が本気になったら男に勝ってしまう／
「ハイリスク・ノーリターン」から蘇る自分のすごさ／
リスクを避けていたら人類は滅んでしまう

第四章　人はなぜ不倫を許さないのか――109

ベッキーはなぜあそこまで叩かれたのか／
「言ったモン勝ち」のスキャンダル報道／
「とりあえず今日は処女です」／女優は「擬似恋愛」が仕事／
年に一、二回は「メンテ」で抱かれる／
その日の良きこと、その日のうちに／

不倫された妻が謝罪する不思議／宇野総理大臣の「指三本」騒動／
若い男の子が女性の不倫を許さない理由／
女性を守るより女性に守られたい男の子たち／
ネットで満ち足りて現実は「二周目」

第五章　女はどう育つのか――141

男の子からの評価を知らずに育った／
男性教師との危険な交換日記／
不倫で誰かが傷つくぐらいなら三人で／
みんな「自分は変かも」と思って生きている／
自分にできなかったことを娘にやらせたい母親／
自分の中に臓器がもうワンセットできることの不思議／
親になった途端に世俗化する芸能人

第六章　死ぬことと、生きること —— 165

遺体を見すぎて「死」が分からなくなった／檜の香りがした最期のワイシャツ／人は肉である／銀座への出勤前にマンガ喫茶でシャワーを浴びた日々／死に方は選べない／孤独死を救う「ミトリスト」に／夫婦が最期まで添い遂げるには

あとがき —— 185

第一章　結婚したい女たち

テレビの仕事、出版界の仕事

林　壇蜜さんは、男性にとって魅力的なのはもちろん、世の女性たちにとってもとても気になる存在だと思うんですよ。その壇蜜さんと、男と女のいろんな問題についてお話しできるのは、とても楽しみです。

壇　よろしくお願いします。

林　テレビや映画のお仕事はもちろん、この頃は小説やエッセイのような出版界のお仕事も多いですよね。放送業界と出版業界で何か違いはありますか？

壇　テレビのお仕事は、「自分はこの役目」と割り切って生きていくには良い世界だと思います。たとえば今日も上から下までユニクロですけど、番組の収録に行けばスタイリストさんやメイクさんがいるから任せておけばいいし、ドラマの仕事なら自分はただ出演者として動けばいい。大きな「箱庭」の中のキャラクターとして振る舞えばいいので、すごく楽です。

林　書くお仕事はちょっと違う？

壇　まだ編集者のみなさんが私をどうとらえているのかがつかめない感じです。たとえば週刊誌の連載にしても、いつクビを切られるか分かったもんじゃないな、と思います。

林　週刊誌の連載は大変でしょ。

壇　イラストも自分で描いてるので、時間はかかります。いまのところは続けさせてもらえそうな気はするんですけど、いきなりプツンと切られる可能性もあるわけで。そうなったら、テレビ出演を「来週で打ち切りです」と言われるよりシンドイと思います。

林　でも収入はテレビのほうが圧倒的に多いでしょ。芸能人が本や雑誌の仕事を始めても長続きしないことが多いのは、それ。「こんなに大変なのにこれしかお金にならないんじゃ、やってられない」というのが本音だと思う。基本的にはずいぶん鈍くさい仕事と村上春樹さんも『職業としての小説家』（スイッチ・パブリッシング刊）で書いてた。

壇　あの村上春樹さんでさえそうなんですか。

林　よその世界の才人が小説を書いて売れたとしても、嫌な気分になる作家は一人もいない。みんな好意をもって迎える。なぜなら長続きしないのをみんな知ってるからだ、という話。それは私も分かりますよ。部屋にこもって一人で文字を書き続けるような辛気くさい仕事は、よほど変わった人じゃないと続かない。

壇　私はまだ始めて日が浅いからかもしれないけど、連載を毎週毎週やっていないと、逆に死にたくなっちゃうかもしれない。文章はそれ自体が印象に強く残るから研ぎ澄ましていかなくてはいけないし、競争率も高いと思うんです。みんなでワイワイやりながらつくっていくテレビ番組と違って、何度でも読み込めて、いくらでも考えさせるものがつくれるので、シンドイけどやりがいがありますね。

林　人気あるから大丈夫よ。ただ小説と雑誌連載の両立は大変。壇蜜さんと同じ『週刊新潮』（新潮社刊）でエッセイを連載してた川上未映子（みえこ）さんも「やっぱり小説を書いていきたい」と言ってやめちゃったでしょ。

壇　はい。お隣のページだったので覚えています。確かに、密室の中でゼロから物語を構築しながら、一方で自分の生活や感情について書いていくのは難しいですよね。二つの夕ワーを同時進行で建てていくような感じ。

林　私も『週刊文春』（文藝春秋刊）や『ａｎ・ａｎ』（マガジンハウス刊）の連載を三〇年ぐらいやってるけど、あんまり作家が手の内を読者に教えちゃうのも良くないから、痛し痒しよね。コラムで私生活をさらしてると、作家としての神秘性みたいなものがなくなるし。だから「小説だけにしなさい」と意見してくださる方もいるんですよ。

壇　なるほど。それはあんまり考えたことがなかったです。

林　でも、世間のみなさんに名前を知ってもらえるのも雑誌連載のおかげだと思って、続けてるんですけどね。私がたまにテレビに出たって誰も喜ばないし、うまく喋れないし。

壇　そんなことはないと思いますけど。

林　いやいや。テレビは本当に難しいですよ。壇蜜さんが出てる『サンジャポ』（サンデージャポン・TBS系）を見てると、あんな大勢の中で自分の意見を言うなんて私には絶対にできない。しかも壇蜜さんは、おとなしくしていると見せかけて、時々爆弾を投げるじゃないですか。あの技はすごい。ちょっと真似できませんね。

壇　えー。私、そんなに爆弾投げてますか。意識がなかった……。もしかしたら見境なく投げてるのかもしれない（笑）。

林　あの番組は曲者ばかり出演してるから、見てるほうは面白いですよ。生ぬるいことをいうと淘汰（とうた）されちゃうから、喋るほうは大変だと思いますけど。

壇　そうですね。どっちつかずのことを話したら、たぶんダメなんだと思います。

いまは結婚より仕事

林　壇蜜さんは、いま三六歳ですよね？　ちょうど私が結婚したのと同じ年齢。当時は「晩婚」と言われましたけど、いまは全然そんなことない。

壇　最近は女性が四〇歳ぐらいで結婚するのも普通ですからね。

林　もし壇蜜さんが結婚して出産したら、ご本人がそれをどんなふうに消化していくのか、みんな知りたいんじゃないかな。

壇　いまのところ、母が私の結婚に断固反対なんですよね。もともと母はキャリアウーマン志向なんですが、結婚や子育てで仕事を減らしていた時期もあったので、私には「いまはちゃんと仕事に生きるのよ」と。

林　そういうお母さんは、娘が結婚して子供を産むと、「私が育ててあげるから、あなたは仕事を頑張りなさい」と頼もしい協力者になるものですよ。

壇　いずれそうなってくれたらいいんですけどね。いまは、ずっとくすぶっていた娘が急に宝クジに当たって一発逆転したみたいな感じなので、私が仕事で活躍してるのが嬉しいんだと思います。

林　私も大学に入った娘がいるから分かるけど、母親って複雑なもので、「仕事に燃えてほしい」と思う反面、「やっぱり人並みに結婚もしてほしい」という矛盾した思いがあるのよ。いまは両立が可能なんだから、やってみたらいいじゃないですか。壇蜜さんが子育てを売り物にする「ママタレ」になるのは嫌だけど、そうじゃない新しい姿を見せてくれるような気がする。

壇　自分でも、たぶんママタレの道は切り開けないと思いますけど、確かにここまで一人で生きてきた人間が家庭を持つとどうなるかは、興味深いところでしょうね。でも、いまは親がそういうモードに入ってるので、もうちょっと待とうかなと思います。母親自身も、もともと保育士なんですけど、定年後は新しい保育園の園長になる予定があるんですよ。だから、キャリアウーマンな自分の分身である娘が所帯を持つのはピンとこないのかなぁ。

『逃げ恥』から『タラレバ』へ

林　壇蜜さんはその気になればいつでも結婚できると思うけど、いまは結婚したくてもできなくて焦ってる三〇代が多いらしいですね。漫画家の東村アキコさんと対談した時に聞いたんです。二〇二〇年の東京オリンピック開催が決まった後、独身の友人たちがみんな「東京オリンピックを一人で見るなんて嫌だ」と言い出したんですって。そこから「二〇二〇年までに結婚したい」というカウントダウンが始まった。

壇　すでに、残り三年を切ってしまいましたね。

林　東村さん曰く、「彼女たちがそんなに結婚したがっているとは知らなかった」と。それがきっかけで描き始めたのが、テレビドラマにもなった『東京タラレバ娘』（講談社『Kiss』連載）だったんですって。エッセイストの酒井順子さんがドラマを見て嘆いてました。女の子たちが「結婚したい！」とクダを巻くのは七〇年代からあったことで、どうしてこれがいまの女の子たちの心に刺さるのか。自分は人柱になるつもりで『負け犬の遠吠え』（講談社刊）を書いたのに、そこから何も学ばなかったのかと。

壇　「三〇代以上・未婚・子ナシ」の女性の生き方を説いた本ですよね。たぶん、酒井先生があれを書かれてから一〇年間ぐらいは、結婚できないことの焦りみたいなものを見ないようにしようという風潮があったんじゃないでしょうか。「そこは触れちゃいけない」とみんな思っていた。結婚のことには触れずに、ロマンチック・ラブみたいな物語を求めていたんです。その流れの最後の流刑地が、去年（二〇一六年）にテレビドラマ（ＴＢＳ系）で大ヒットした『逃げるは恥だが役に立つ』（『Ｋｉｓｓ』講談社刊）だったと思うんですよ。

林　なるほど。確かに『逃げ恥』は、「結婚より仕事」の女の子が家事労働で自立しようとする話。家事労働としてお金をもらってたのに、ほんとの夫婦になったらそれがゼロになることに彼女が違和感を表明したことが、すごく共感を呼んだんですよね。だから、「結婚できなくて焦る」とはまったく違う。

壇　そんな『逃げ恥』とほぼ同時期に『東京タラレバ娘』がウケたのは、いまが過渡期だからかもしれません。しばらく目を逸らしていた結婚のことを思い出したかのように考え始めたのが、『東京タラレバ娘』。

林　そうか。『逃げ恥』がロマンの終わりで、『タラレバ』が結婚願望の再スタート。

壇　結婚してもロマンを求める人たちは『昼顔』に行っちゃう。

林　上戸彩さん主演の映画ね。二〇一四年にドラマで放送されたのが、また映画になった。なんでまた『昼顔』なのかよく分からないよね。だったら私の『不機嫌な果実』（文藝春秋刊）を読んでよ、と思ったりもするけど（笑）。

壇　そうですよね（笑）。ともかく、不倫系に走るか、結婚に背を向けるか、結婚できない現状を前にしてクダを巻くか、パターンができているような気が……。

林　波瑠さんと東出昌大さん出演のドラマ『あなたのことはそれほど』（TBS系）も不倫の話だしね。あれもかなり視聴率が高かった。

壇　はい。不倫系に、「冬彦さん成分」がふりかけられてましたね。

出会いがないと嘆く女性には「損してみたら?」

林　私の身近には独身の女性編集者が大勢いるんだけど、みんな「結婚しなくてもいいんです。老後に備えて自分でいろいろやってるし」という感じなのね。だから世の中の独身女性も「いまさら男は要らない」という方向に進んでいるんだと思ってたんだけど、実はそうじゃなかった。で、みんな「結婚はしたい。でも出会いの場がない」とボヤいてる。どうしたらいいのか分からない。

壇　合コンには行くけど、「飲み会の席でガツガツするのはみっともない」と言う人もいます。

林　それで「どうすればいいのか」と言われても、困っちゃうな。

壇　そういう人には、私は必ず「損してみたら?」と言いますね。

林　えー。それ、どういう意味?

壇　多くの女性って、ずっと「得したい」と思ってきたわけですよ。できるだけ損をしないように生きてきた結果、いまがあるんですね。だったら、いっぺん損をしてみるのもいいんじゃないかと思うんです。いままでなら「絶対この男とは無理!」と思って避けてきたような相手と寝てみたら? と(笑)。

林　そっかー。私、この歳(とし)になって、やっぱり男は学歴や収入より顔や外見が大事だと思うようになったんだけど、なかには男の見た目がどうであれ東大出身というだけで好きになれる女の人がいるでしょ？　あれって一種の才能だと思うのね。これは得してる？　損してる？

壇　それは「得したい」とトコトン向き合った結果、良い方向に行ったんじゃないでしょうか。

林　自己愛が強すぎて、自分のことを「好きだ、愛してる」と言ってくれる男なら誰でもいい、という人もいますよね。知り合いの某有名漫画家なんか、「私、猫でもトタン板でもいいんだよね」って言ってた。

壇　トタン板は難しいな（笑）。猫はギリ行けるかもしれないけど。

林　『東京タラレバ娘』では、女友達に緊急招集かけて、ホッピーや焼酎を飲みながら「不覚にもあんな男と寝ちゃったよー。どうしよー」とか対策を練ったりするんだけど、壇蜜さんはあんなことしないよね。

壇　うーん。そういう話を聞きたい気持ちはありますけど、それでワクワクすることはないですね。男の人と一晩過ごしても、「それ日常じゃん」と思っちゃう。私、日常と非日常の境目が曖昧なんですよ。

林　かっこいいな、それ。私、若い頃にイタリアに行って、ラペルラという高級ランジェリーブランドのスリップを買ったんですよ。七〜八万円ぐらいのシルクのやつ。その時、みんなに「非常用だね」と言われてムカついたことを思い出しちゃった（笑）。まあ、確かに日常だったらユニクロのブラでもいいんだけど。

男にとって「都合のよい女」とは

壇　でも、「非常」ってそんなに特別な時だけじゃないと思うんですよ。「日常」と「非常」の中間ぐらいのシチュエーションもありませんか。たとえば下着だって、気になっている男の人と電話した日の夜は、あんまり安い物をつける気にならなくて、ちょっときれいな物をつけて寝るとか。一人だから、誰に見せるわけでもないんだけど。

林　なるほど、男の人に見せるだけが目的とは限らないもんね。そういえば、ある男性が「女って、口説いた時に『そんなつもりで会いに来たわけじゃないのに』とかギャンギャン言うくせに、脱がせるとちゃんとそういう下着つけてるじゃん」とか言ってて、なんか不愉快に感じたのよ。

壇　見られるためにつけてるとは限りませんからね。抱かれるつもりはなくても、多少の好意を抱いてる相手なら、気持ちの高ぶりも相まってそういう下着をつけることもあり得ます。

林　だいたい、じゃあ抵抗しないで「さあホテル行きましょう」と言われたら嬉しいのかと（笑）。「そんなつもりじゃなかった」は手続きみたいなものじゃないですか。

壇　そうですよね。本音ではご馳走（ちそう）してもらうつもりでも一応「いやそんな、ちゃんと払います」とかいうのと変わらないような（笑）。

林　そうそう。

壇　その男性は、脱がした時にくたびれた下着だったら嬉しいんですかね？

林　みすぼらしい時は、見られないように自分からさっさと脱いじゃうとか（笑）。

壇　逆に積極的に見えちゃいますね（笑）。でも私、脱がされるの嫌いなんです。さっさと自分で脱いで、きちんと畳んでおく。

林　あらー。それだと「つまんない」と思う男もいそうだけど。

壇　いずれにしろ、男性の夢は夢でいろいろあるんでしょうが、こちらにも都合があるので、思ったとおりにはならないですよ。

林　「男にとって都合のよい女」という言い方がありますよね。本命がいる男の「セカンド」にされてるんじゃないか、ただ寝るだけの女なんじゃないかと思うと、「私って都合のよい女じゃん」と自虐的にいったりする。

壇　私もそれになったことがあるような。相手の男に対して「自分に対する投資が少ないんじゃないか」という疑念が生じた時に、そう思うんじゃないかな。

林　ホテルに行くにしても、いつも狭くて安い部屋しか取ってくれないとかね。

壇　そうです、そうです。たとえ本命が別にいることが分かっていて、寝るだけの「セカンド」であるのも承知しているとしても、しかるべき贅沢(ぜいたく)はしたかった。やっぱり、お姫様扱いしてもらいたいんですよ。

林　そうか。セカンドであっても、お金と気はつかってほしいんだ。

壇　お姫様願望はみんな強いですからね。私も芸能界に入る前、バイトかけ持ちでも月収二〇万円を切るぐらいの生活をしてた頃は、男性に「投資されたい」「大事にされたい」という気持ちがありました。でもいまは、それがなくなりましたね。自立するのと引き換えに、「投資に甘えたい」という気持ちを捨てたんだろうと思います。ここまで急に生活が変わるのはレアケースだと思いますけど。

傷つくことに耐えられない人たち

林　結局、「都合のよい女」も「損」だから嫌、ということか。いま結婚できなくて焦ってる人たちは経済的には自立しているわけだけど、やっぱり「損」はしたくない。東京オリンピックを誰かと一緒に見たいだけなら、相手はいくらでもいそうなものだけど（笑）、結婚以前に恋愛の相手と出会えなくて困っている。

壇　こうなると、近所のお節介世話やきおばさんが復活するしかないですよ。恋愛結婚ができないなら、お見合いで。

林　私なんか、お見合いおばちゃんとして何組も話をまとめてますよ。最近も、五〇すぎの超大金持ちと四〇歳の女性を引き合わせて、うまくいった。

壇　そういうキューピッドを量産しないと、もうダメなのかもしれない。

林　恋愛って、「素敵だな」と思った相手に一生懸命モーションかけても、向こうが好きになってくれるとは限らないわけでしょ。当たり前だけど。昔はみんなそれを「しょうがない」と受け入れていたんだけど、いまの人はそこで傷つくのが嫌なのね。

壇　はい、「しょうがない」ができない。フラれることが、まるで死を意味するかのような大問題になっちゃうんですよ。そこは男も女も同じでしょうね。「傷ついた」「俺はもう死ぬ」「だから一緒に死んでくれ」というところまで行ってしまう。私、それで首を絞められたこともありますから。

林　先に自分が死んでほしいよね。

壇　確かに。私が先だと、先方が死んでくれるかどうか分からないですからね。実際、死なないでしょうし(笑)。

林　つき合ってる相手に別の男や女ができてフラれるなら、死ぬの生きるのという話になるのも分かるんだけど、恋の始まりって、もっと気楽なものだと思うのよね。「タイプだな」と思う相手がいたら、「このあいだ話してた映画が始まったので行きませんか」とか「花火大会につき合ってもらえないかな」とか、昔はみんな平気でやってたんだけど、いまはどうして、そのあたりがスムーズに行かないのかしら。

壇　通信手段が発達して、便利になりすぎたせいもあるような気がします。ＬＩＮＥは特に。もちろん個別にも連絡を取れますけど、すぐにみんなで情報が共有されてしまいますよね。ちょっとでも色恋方面で行動を起こすと、仲間うちに話が広まって恥ずかしい。

林　そうすると、失敗が許されなくなるよね。

壇　はい。もう、「秘め事」が成立しにくい時代なんです。

「派遣の女」に手を出せない男たち

林　私も経験がある。コピーライター時代のことなんだけど、銀座に勤めてる人に「近くに来たら、いい店があるから飲みましょう」と言われてたから、電話したのよ。一回だけ。そしたらその男が「林さんがしつこく迫ってきて困っちゃったよ」とか周囲に言いふらしたらしいの。それが当時つき合ってた彼氏の耳にも入って、すごく嫌な思いをした。

壇　電話一回で、そこまで尾ヒレがついちゃうんですね。

林　そういうのがいまはあっという間にＳＮＳで拡散しちゃうから、そりゃあ怖いよね。だから、逆にみんなの前で堂々と告白しちゃうとかっこいい。藤原紀香（のりか）さんがまだ陣内智（とも）

則さんと結婚してる時に対談で、「なぜ陣内さんと結婚したの？」と聞いたんですよ。彼女が言うには、共演したドラマの収録が終わったあと、みんなの前で彼が「つき合ってください！　お願いします！　携帯電話の番号、教えてください！」と言った時に、「なんて良い人だろうと思った」と。陰でコソコソと「携帯教えて」という人は多いけど、みんなの前で堂々と言ったのは彼が初めてだった。

壇　そこまで開き直れればいいですけどね。

林　それにしても、これだけネットが発達して「出会い系」とかいろいろあるのに、出会いの場がなくてみんな困ってるのが不思議。私の若い頃は、家の近所のバーの常連同士でお花見とかバーベキューとかよくやったものだけど、いまの女の子もあのシステムを活用すればいいのに。女同士で飲みに行くだけじゃ、出会いの輪も広がらないでしょ。

壇　通いバーの復活ですね。そういうことも含めて、「出会うことは恥ずかしくない」と思えるようなイベントがたくさんあったほうがいいのかもしれない。企業やメディアがどんどんそれを仕掛けないと。

林　昔の企業は、身元のしっかりした女性を男性社員の「お嫁さん候補」として雇い入れてたから、会社そのものにお見合いイベントみたいな面があった。ところが、いまの女性従業員はほとんどが派遣でしょ？　「職場にいる若い女性」という意味では同じなのに、男性社員から見ると、「派遣の女性に手を出した」と言われるのは未だに恥ずかしい。立場の弱い女性に接近したと思われるのが嫌なんです。一方、派遣の女性たちで、日常的にセクハラを警戒して用心深くなってるわけ。昔みたいに、会社が「これがおまえらの嫁さん候補だ」と職場に放してくれるといいんだろうけど。

壇　あからさまに宣言するとナントカ団体の方々の「物言い」もありますし（笑）、「異性として声をかけていいんだ」と思える雰囲気はつくってあげたほうがいいでしょうね。おっしゃるとおり、いまはみんなセクハラに敏感だから、「下手に声はかけられない」という空気のほうが強い。

男も女も「養ってほしい」時代になる？

林　いまは結婚したい女の子たちが焦ってる状態だけど、出会い自体がそんなに厄介なことだとなると、結婚自体に疑問を持つ人が増えるかもしれませんね。「そもそも結婚制度なんて必要ないじゃないか」みたいな。

壇　それは心配ですね。以前、NHKで『五〇年後の未来』という番組のナレーションをしたことがあるんですが、そこでは、結婚制度の優先順位が五〇年後には低くなるだろうという話でした。それよりも、同じ思想を持つ人たちや、社会的な境遇が同じ人たちが集団生活をするようになるというんです。で、お金や地位に関する価値観が多様化して、それぞれのグループで異なるようになる。その中で、家族も定職も何も持っていない人たちが「無敵」になるだろうという話でした。失うものがない人ほど強い世の中になる。ナレーターをやりながら、なんだかドキドキしちゃいましたね。

林　すでに、そんな気配はあちこちで感じる。秋葉原通り魔事件（二〇〇八年六月）の犯人なんかも、「無敵の人」とか呼ばれたよね。

壇　その一方で、海外からは労働と高い収入を求めて日本にやって来る人が増えるそうです。たとえば介護施設なんかで働くのは、ほとんど外国人になるかもしれないと。

林　人工知能とかロボットとかの発達で、切り捨てられていく職業も増えるでしょうしね。家族を食べさせていくのも難しいとなったら、若い人が結婚に否定的になるのも無理はないと思う。

壇　これまでは結婚すると女性の側が「食べさせてもらう」ことが多かったわけですけど、その番組では、五〇年後にはその願望が男性も女性もイコールになるだろうと予想していました。男でも女でも、「誰かに養ってほしい」と思う人がどんどん増えていく。みんな、自分ではもう働きたくない。

林　だけど、女性は美人で性格がよければ食べさせてもらえるし、これまで実際そうだったわけだけど、男性は難しいですよね。よほど可愛げがあって、女性が「養ってあげたい」と思うようなタイプじゃないと無理。

壇　そういう男の人たちは、年上の女性と結婚するだろうと。女性の晩婚化が進めば、養われたい男性の人気も高まるかも。

林　ある調査によると、いま配偶者や恋人がいる男の人は四〇パーセントで、女の人は五〇パーセントなんだって。数が合わないわけ。つまり、二股かけてる男の人がいるから、こういう数字になるんですよ。既婚男性が、若い女性と家庭外で恋愛するのが一般的になっているのではないか、という話。

壇　そうですね。「奥さん＋1」の男性が多いかもしれません。

専業主婦願望の謎

林　しかも、昔は夫が浮気すると奥さんが会社に言いつけたりしたけど、いまは「そういう問題は個人でやってください」と言われるんだって。会社が奥さんを守ってくれない。

壇　有名人なら『週刊文春』に言いつければいいんですけどね（笑）。

林　そういう意味では、いまは奥さんがどんどん不利になってるのかもしれない。そもそも結婚自体、女性にとって何のメリットがあるのか分からないところもありますよね。私なんか、自分の経験に照らせば、「結婚にメリットなんか全然ない！」と断言できますよ（笑）。ところが若い女の子のあいだでは、「専業主婦になりたい」という願望が強まってるんでしょ？

壇　そうなんですか？

林　専業主婦になりにくい世の中だから、憧れるのかも。私の知ってる限りでは、相当なお金持ちの家じゃないと専業主婦はうまくいかない。

壇　そうですね。いまの時代、経済的にも精神的にも専業は難しいでしょうね。
林　お医者さんとか、会社のオーナーとか、自営業でお金持ちの家でないと難しいですよ。それこそ『逃げ恥』がそうだったように、家事労働をお金に換算したら、普通のサラリーマン家庭なんかでは女の人が損するのが目に見えてるもんね。
壇　旦那のことや旦那と一緒につくった子供が好きという愛情だけで、専業主婦が結婚生活を長続きさせられるかというと、いまのご時世ではちょっと難しいかもしれない。昔は「家事や育児をそつなくこなすのが良い女性」という評価基準があったから、専業主婦が自信を持ちやすかったですよね。お姑さんや近所の人たちの厳しい目もありましたし。でも、いまはそうじゃない。
林　とはいえ、共稼ぎなら結婚生活がうまくいくというわけでもないですよね。子供がいなければ家事を半分ずつ負担することもできるけど、子供ができるとそうはいかない。どうしても父親より母親の負担のほうが重くなっちゃう。
壇　実際、たとえやる気があっても、やっぱりお父さんって子供の扱いがぎこちなかったりするんですよ。私、父がケガの応急処置してくれて失敗した傷跡いっぱいあるんです

（笑）。父が、「日曜だから俺が遊びに連れて行く」と言って、一緒にサイクリングに行ったんですが、坂道で私がハデに転んだんです。うまく応急処置ができなくて、父があせる姿が忘れられません。母は保育士ということもあって、そういうことはうまいんですが。

離婚できないのはご先祖さまのせい!?

林　私は専業主婦ではないけど、主婦業にも定年があればいいのに、と思いますよ。もう娘も大学生になったので、このあたりで退職させていただきます、と。実際、旦那さんが定年を迎えたら離婚する人、結構いますよね。退職金をそれまでの報酬として受け取っちゃう。

壇　男性のほうは困るでしょうね。会社の名刺を取り上げられたら生きて行けないタイプの人が多いから。

林　それまで料理も掃除も何も技術を身につけてなければ、奥さんがいないと苦労するよね。うちの夫も、食事の時に「ポン酢がない！」「ソースがない！」「なんでお手伝いさんに言っておかなかったんだ！」と文句ばかり言うけど、そんなの自分で買ってくればいいのにといつも思います。

壇　亭主関白なんですね。

林　チョー亭主関白。こっちが正しいことを言っても「ふざけるな！」って腹を立てるんだから、どうしようもない。私のことなんか、好き勝手に遊び歩いてるおばちゃんとしか思ってませんからね。こっちはちゃんと前もってスケジュールを伝えてるのに、「また出かけるのか！　そんなの聞いてないぞ！」って。

壇　あらー、そんなこと言われちゃうんですか。

林　だから、別れようと何度思ったか分かりませんよ。思うだけじゃなくて、秘書にも「こんどこそ許せない！　ほんとに別れるから！」と宣言したこともある。だけど不思議なもので、どんなに怒っても五日ぐらい経つと忘れちゃうんだよね。記憶がスポッと抜けちゃうの。怒りが長続きしない。

壇　本当は仲が良いってことじゃありませんか。

林　いやいやいやいや、そうじゃないのよ。このあいだ占い師にみてもらって、分かったの。どうして私がこんなに酷い目に遭ってるのに別れないのかが。

壇　前世の因縁とかですか？

林　違うのよ。占いの人が「あなた、何度も別れようと思ったけど、別れられなかったでしょう」というから「そうなんです」と答えたのね。そしたら「あなたみたいな良いお嫁さんを、向こうの先祖が手放すわけがありません」っていうのよ。

壇　旦那さんのご先祖様が林先生を引き留めてるんですか？

林　そうなんだって。「なるほどね」と納得しちゃった（笑）。

壇　先祖たちが総出でかかってきたら、仕方ないですよね。林先生のご先祖様も、それを見て「まあ、許そう」と思ってるのかも（笑）。

好色な男は大酒を飲まない

林　ただ、うちの夫の場合、理不尽な暴言はいくらでもあるけど、女性関係はなかった。大島渚さんの奥さんの小山明子さんも、「こんなに看病できるのは、夫が一度も自分のことを裏切らなかったから」とおっしゃってましたよ。

壇　旦那さんが亡くなるまで一七年も介護をされていたんですよね。

林　でも、どっちがいいのかな。私は人から「おたくの旦那があんなに威張りまくるのは、後ろめたいことが何もないからだ。普通は何かしら後ろめたいことがあるから、あんなに威張れない」と言われるんだけど。少しぐらい後ろめたいことをされても、優しいほうがいいと思っちゃう。

壇　ほんとにそんなに清廉潔白なんですか？

林　そういうのに興味がないの。ある男の人に言われたの。「いい女を紹介するから飲みに行きましょうよ」と誘って「結構です」と断られたのはうちの夫だけだって。世の中の男たちが女性の機嫌を取ってお金を使ってデートするのが、まったく理解できない。「なんでそんな面倒臭いことするんだ？」という感じ。だから、見た目はそんなに悪くないのにモテないの。

壇　旦那さんがお好きなことって、何ですか？

林　車の運転じゃないかな。あと、お酒は好き。いつも一緒に飲むオヤジ連中がいるんですよ。すごく仲良しで、みんなで香港に行ったりしてる。

壇　じゃあ、人と会うのが面倒臭いわけではないんですね。女性に認めてもらわなくても大丈夫なタイプ。

林　だいたい、大酒飲みの男の人って、そんなに好色じゃないよね。好色な男はあんまりお酒を飲まないような気がする。

壇　確かに、銀座のクラブに勤めてた時も、アフターを誘ってくる人はたいがいお酒が弱かったかも。ちょっとは飲むけど、たしなむ程度。たくさん飲む男の人は、「あー飲んだ」ってお会計済ませて帰っちゃう。

男という「鉢植え」が枯れないように水をやる

林　でも、壇蜜さんみたいにお酒を飲まない女の人って、男の人は手を出しにくいよね。少しは飲めたほうが口説かれる機会も増えるような。

壇　いや、私が手を出すんで大丈夫です。男の人を酔わせて、こっちから行く（笑）。

林　おお、素晴らしい。男の人が聞いたらメロメロになっちゃう台詞（せりふ）。でも、「出会いがない」とボヤいてる女の子たちも、口説かれるのを待ってるだけだからダメなのかもしれない。そういえば、私の男友達が若くてきれいな人と結婚した時、みんなで「うまくやったねー」と祝福してたら、奥さんのほうが寄ってきて「いえ、私がうまくやったんです」って言ってた。自分が結婚したければ、自分から誘えばいい。

壇　まあ、それをやると傷つくのも自己責任みたいになっちゃうので、みんなあまりやらないですけどね。でも、確かにテレビの「お見合い大作戦」みたいな番組でも、告白するのはいつも男性側。女性側が告白するパターンはないそうです。バレンタインデーも、いまや義理チョコを配るだけのイベントになってる感がありますしね。

林　女の人が、「この人とつき合いたい！」と狙いを定めた男性をモノにするにはどうしたらいいんだろう。

壇　見てるだけで手に入ったら、いまごろヒルズ族ですよ（笑）。見てるだけでは手に入らないから、いろいろ考えるようになりました。自分から口説くのを女性が躊躇するのは、「調子に乗せてしまうとあとが怖い」と先のことを考えるからじゃないかと思うんですよ。

林　ああ、惚れた弱みにつけ込まれるってこと？

壇　はい。だったら、甘やかされた男の人が勝手なことを言い始めても、「自分の手に負えないことはない」と思えるように自信を持つことにしたんです。それで、相手の居場所をつくることだけに専念する。自分の欲しいものを手に入れるためなら、自分の自由をちょっと我慢してでもやらなきゃいけないことが絶対にあると思うんです。

林　それはそうですよね。

壇　それを覚悟して、相手が人質化して自分の部屋から帰らないぐらいになるまで尽くすほうが、私はやりやすいと思います。女性が尽くしてるあいだは、男の人もあんまり浮気心を起こさないような気がして。尽くさなくなった時に、落差に耐えかねて裏切るんですよ。尽くし続けるのは簡単ではないけれど、その努力をしていれば離れない気がします。

林　普通は、ある日突然「なんで私がここまで尽くさないといけないのよ！」となっちゃうんでしょうけどね。

壇　そうなんです。「なんで私が」となってしまったら、辛(つら)いですよ。男の人はよく「釣った魚に餌はやらない」と言いますけど、女はずっと鉢植えに水をやるように育てて、そこに根を張らせる。

林　まあ、自分が気に入って買ってきた鉢植えなら、枯れないように世話しないといけないよね。

壇　はい。自分がやらないと、どうにもならない。そうやって水をやりながら、自分の世界で「箱庭」をつくる楽しさを知れば、「なんで私が」の気持ちが薄れるような気がします。だから、自分のユートピアやアルカディアを大事にしたいなら、口説かれるのを待つより、自分から欲しいものに手を出したほうがいいんですよ。

第二章　男と女の利害関係

男友達は出世欲がないほうがいい

林　壇蜜さんは、芸能界ではお友達いるんですか？

壇　いないですね（笑）。

林　仕事の打ち上げでＬＩＮＥ交換したりしないの？　男性タレントさんなんか、つながりたがるでしょう。

壇　それがないんですよ。いつも横にいるマネージャーが見た目コワモテなので、あんまり寄ってこない（笑）。少なくとも、あからさまに誘われるようなことはありません。まあ、仲良しの友達が一人ぐらいいたらいいなとは思いますけど。

林　そんなにいないんだ。意外だなぁ。私のまわりには、壇蜜ファンが女性でもいっぱいいるのに。

壇　一時期、ある男性お笑い芸人さんと仲良くなれそうな気がしてたんですけど、いろいろ話しているうちに、出世欲があまりにも強いのが気になって、ついていけなくなっちゃいました。もちろんそういう姿勢自体は尊敬できますが、同じ目線の友達となると、出世欲が強すぎない人のほうがいいな、と。
林　でも、芸能人はみんな出世欲があるんじゃないの？
壇　ええ、そうなんですよ。テレビではそんなふうに見えなくても、近くで喋ると、実はすごく出世欲がある方も。
林　いわゆる「ひな壇芸人」から、やがて司会者に成り上がるとかね。
壇　ある日突然そうなるパターンもありますよね。
林　芸能人にしろ作家にしろ、みんな「世の中に出ていきたい」「上を目指したい」と思ってやってますよね。それが果たせずにくすぶってる状態がいちばんキツい。私も二流、三流のコピーライターだった頃、大した仕事もしていないくせに、夜な夜な新宿あたりで飲みながら売れっ子の噂話とか言ってたもん。糸井重里さんに会ったこともないのに「糸井がさー」なんて（笑）。
壇　呼び捨て（笑）。
林　いまだったら、ネットでそんなことやってたかもしれない。あのまま性格が歪んでいって自滅した可能性もありますよ。でも、こういう特殊な仕事をしていたら、トップまで登り詰めたいと思うのは普通だよね。
壇　そうですね。私自身もある程度はそこを突き詰めたいとは思います。ただ友達となると、お互いにアドバイスし合ったりして切磋琢磨（せっさたくま）するような関係とは違う気がして。友達とは、「サウナで会ってサウナで別れる」みたいな関係が理想かな。
林　なるほど、出世欲を持つこと自体はいいけど、友達とはそういうこと抜きの関係でいたいということか。確かに芸能界では難しいかもね。
壇　芸能人ではないけれど、テレビによく出てる人で友達になれそうな男性は誰かと考えると、なぜか「コリア・レポート」の辺真一（ピョンジンイル）さんしか思い浮かばないんです。
林　辺真一さん？　ああ、ワイドショーで韓国や北朝鮮問題をやる時にコメンテーターとして呼ばれる人か。
壇　あの人、不思議ですよね。朝鮮半島の話題になると毎朝のように登場して、いつもまったくテンションを変えずに喋って帰っていくじゃないですか。日本でいちばん体温の低いコメンテーター（笑）。面識は全然ないんですが、彼とならサウナで会ってサウナで別れられるような気がします。

利害関係なしの行きずりの楽しみを

林　このあいだテレビで、ある女優さんがこんな話をしてたんですよ。ドラマのプロデューサーに「君のために靴を買ったから、ちょっと来て」とホテルの部屋に連れ込まれそうになって、慌てて逃げてきたんだって。

壇　昔一緒に番組をやっていた同期の女の子から似たような話を聞いたことがあります。もしかしたら同じ人がやってるのかもしれないと思うぐらい手口が似てる（笑）。靴とかバッグとか「プレゼントがあるからおいで」と言うんですよね。

林　壇蜜さんはコワモテのマネージャーさんがいるから、そういう経験はないか。

壇　銀座のクラブにヘルプとして勤めてた時は、お客さんとそういうことはありましたよ。決まった恋人もいなかったので、お客さんとそういうつき合いをするのは別におかしいと思ってませんでしたけど。

林　そういうものなんだ。

壇　お客さんといい仲になることは、普通にありましたね。だから芸能界でも普通にあるのかな、とは思ってました。それこそ出版界でも、編集者とライターが仕事終わってから飲みに行って……みたいなことがあっても驚かない。

林　出版業界はそういうのあんまりないよね（笑）。出版社の人はテレビの人と比べると、暗いというか真面目というか。

壇　ああ、だから私は出版界のほうが羨ましいのかも。テレビのほうでも、局の偉い人にはちょっと躊躇しますが、制作会社のカメラマンの人とかに「打ち上げに来なよ」と言われると「分かりました」とついていきやすい。要は、ギブ・アンド・テイクみたいな関係があからさまに見えてないほうが好きなんですね。だから「尻軽」とか「股が緩い」とか言われても（笑）、利害関係の薄い行きずりの楽しみのほうが私は性に合ってる気がします。

林　確かに、男女でギブ・アンド・テイクがあると嫌だもんね。昔、ある女の作家が各社の担当編集者と関係してることを豪語してたけど、それはモテてるわけじゃなくて、力関係の上で相手が嫌だと言えないだけ。はっきりした利害関係がある相手と寝るのってどうなのよ、と思いましたね。

壇　断ったら原稿をもらえない（笑）。そういうのがあると、あとで「寝たのにこれが手に入らなかった」みたいな揉め事が起きて面倒臭いことになると思います。

男性への相談事は昼間にドトールかマックで

林　なかには、利害関係のある相手に一服盛って無理やりしちゃう人もいるから怖いよね。準強姦罪で逮捕状が用意されても寸前で逮捕中止となって、起訴も免れた元ＴＢＳのワシントン支局長いましたよね。就職の相談に来た女の子のお酒に、何か良からぬクスリを混ぜたといわれてる。

壇　不起訴処分を不服とした女性が検察審査会に審査を申し立てて、記者会見した件ですね。ネット記事には、女性がホテルの部屋から帰る前に相手に「下着をくれ」と頼まれたと書いてあってビックリしましたけど。

林　女性の訴えが真実ならほんとに酷い話。だけど一般論としては、男の人と二人でお酒を飲んだら相当気をつけなきゃダメだよね？　あんなきれいな女の人が就職の相談に行ったら、オヤジの下心がウズウズしないわけがない。だから、上の立場の人に何かお願いや相談をする時には、お酒の席で二人で会っちゃダメだと思うの。

壇　昼間にドトールかマックで会わなきゃ。それも、一人五〇〇円まで。

林　そうそう。弱みを握られてるわけだからね。もちろん、あの就職相談の女の子の話は本当だとしたら最低だと思うけど、相談事は昼間したほうがいいよ。

壇　で、相談を持ちかけた側が支払う。時間を使わせた側が奢られちゃいけない。

林　でも、そのあとで「そろそろ店も開いてるから食事でもどう？」と誘われたらどうしましょう。

壇　「そうしたいんですけど、実家で子猫が生まれたんですよ～」と言って帰る。

林　それ、可愛い（笑）。それで危機を脱した経験が？

壇　ありますよ。あと、銀座のママから教わったのは、相手をジッと見つめてモジモジしながら「心の準備が……」と口ごもりつつ席を立つ、という戦術。

林　ほほー。男は「じゃあ、心の準備が整うまで待とう」と思えるわけね。いつまで経っても整わないいんだろうけど（笑）。

壇　でも、クスリ盛られたらどうしようもないです。あれは本当に酷い。

林　そもそも「俺にいえば何とかしてやる」という男は絶対ダメだよね。会食中に「ああ、また安倍さんからだよ。あの人、メールが多くて困っちゃうんだよね」とか言って、「首相と仲良し」をアピールする人、私も何人か知ってるけど。

壇　首相、そんなにメールするんですかね。

アッキー（安倍昭恵さん）とはＬＩＮＥなさってるんですか？

林　それはありますね。彼女、誰とでもＬＩＮＥ交わしちゃうんですよ。他人に対する警戒心が薄いの。

壇　実は安倍総理も人なつっこいんですかね。

林　そうだと思う。育ちの良い人って、そうなんですよ。

壇　そういえば、鳩山元総理もそんな感じでしたっけか。

男に経済力を求めない

林　育ちのいいお金持ちの男性はどうですか。政治家の愛人とか、ちょっといいじゃない（笑）。若いところなら、小泉進次郎とか。ガード堅そうだけど。

壇　うーん、お金持ちはあんまり好きじゃないんですよ。

林　え、なんでなんで？　お金持ちとつき合ったことがあるでしょ？

壇　あるんですけど、まず自分が遠慮しちゃうんですよね。

林　何か買ってあげるとか言われた時に？

壇　はい。その先にどんな目に遭うのか想像しちゃうんですよね。「いずれ臓器まで提供しなきゃいけなくなるんじゃないか」とか。

林　なんでそこで臓器が出てくるの（笑）。肉体を求める人はいても、臓器を求める人はいないでしょう。

壇　自分でもよく分からないんですけど、いろいろ考えていくと、めぐりめぐって臓器に行き着くんです。「内臓まで求められたら、私どうしよう」と。あと自分よりも収入の多い男の人と、張り合ってしまう気持ちが強いのかもしれません。

林　同じくらいか、壇蜜さん以下じゃないとダメなんだ。

壇　自分の一・五倍以上の収入があったりすると、ちょっと。私から「これで帰りなさい」とタクシー代を渡したりするほうがいいです。

林　それはもう、養ってほしい男性諸氏には朗報じゃないですか（笑）。売れない俳優の卵とか、小説家の卵とかどう？　純文学系の若い人なんか、いまはなかなか食べていけないから、ちょうどいいかも。

壇　仕事が近いとギブ・アンド・テイクが生じてしまうおそれがあるので、俳優や作家はあまり良くないですね。年上のどこか擦り切れてるバツイチなんてどうでしょう。「大丈夫か？　お菓子でも食べる？　ビールはどうだい？」みたいな。

林　宇多田ヒカルさんが、あまりお金のなさそうなイタリア人のウエイターと結婚していろいろ言われた時、「私が人生のパートナーに求めるもののランキングの最下位：経済力」というのを知って、カッコイイと思った。壇蜜さんもそれと同じだよね。

壇　いずれ結婚するとしたら、相手のお母さんが息子に「あなた、ほんと良かったわね、これで生きて行けるわね」と泣いて喜ぶような相手が理想ですかね（笑）。

「旦那ありきの自分」がママタレの成功パターン

林　よく女性芸能人が、ＩＴ起業家みたいな大金持ちと結婚するでしょ？「ああ、これが目的で芸能界に入ったのね」と思っちゃう人も多いよね。

壇　芸能の仕事そのものが目的ではなく、出会いの手段になってるという感じでしょうか。それはそれで成立する生き方だと思いますし、私もそれに魅力を感じたことがないわけではないんですが、自分にはできなかったんです。だったらいっそ逆の生き方をしてみようと切り替えてみたら、そっちのほうが気持ちが楽だった。

林　お金持ちと結婚して贅沢な暮らしをしながら、子供も産んで、ママとしてブログを書く――というのが女性芸能人のひとつのパターンになってるけど、私はそれを見ても「あぁそうですか」としか言いようがない感じ。でも、みんなああいうのに憧れるのか。

壇　確かに、ひとつの成功パターンとして確立されていますね。たぶん、その道をたどりさえすれば、食いっぱぐれないような気がするんですよ。たとえば旦那さんが俳優さんだったりすれば、我が子との「親子共演」が世間から求められる。旦那さんがIT長者なら、それに見合った「セレブな暮らし」が求められる。いずれにしても、求められるのは「旦那ありきの自分」です。分かりやすい。生き方としては逞しいと思います。私はそれが無理だったから、あぶれちゃったけど。

林　スポーツ選手との結婚も同じようなものだよね。特に野球選手は女の趣味がわりと単純で、女子アナとか昔はCAとか、きれいな奥さんをもらう。女性の趣味がちょっと変わってるのは、野村克也さんと落合博満さんぐらいでしょ。

壇　アスリートの奥さんの場合、裏方に回って献身的に旦那さんを支えるパターンもよくあります。

林　栄養管理とかね。マー君（田中将大＝ニューヨーク・ヤンキース）と結婚した里田まいちゃんなんて、旦那さんに食べさせる手料理ですっかり株が上がったじゃない。

壇　トップブリーダーが推奨するアスリート飯、みたいな感じでしょうか。

林　そうか、アスリートの奥さんはトップブリーダー志向なのかもしれない。私はそんな生き方は好きじゃないけど。

壇　トップブリーダーとして世に出られるならいいですけど、ブリーダーってなかなかそうはなりませんからね。

林　でも私の友達の中井美穂さんは違うわね。すごく性格のいい子なんだけど、旦那さん（古田敦也＝元ヤクルト・スワローズ）のお世話にはそんなに興味ないみたい。テレビ番組で明石家さんまさんに「中井、おまえ幸せにやっとんのか？」と聞かれた時、「各自幸せにやってます」って答えてた。いい言葉だな、と思いましたよ。私も使わせてもらおう（笑）。

壇　そうですね。「旦那ありきの自分」ではないわけですから。

「女の花道」を早々に降りて芸能界に

林　壇蜜さんも「旦那ありきの自分」にはならないだろうけど、じゃあ、いまは仕事が楽しくて恋愛や結婚どころではないという感じですか？

壇　いまは仕事だけですね。男の人がうちに来ても、終わったらすぐ「帰って」と。

林　ちょっとー。それ、男みたいじゃないですか。だいたい男の人って、「朝までいられるのは嫌だ」と言うのよね。

壇　タクシー呼んで帰ってもらいます。

林　ひえー。たとえばクリスマスとか、どう過ごしてるの？

壇　去年はマネージャーに頼んで、人間ドックの予約を入れてもらいました。

林　えー、それって寂しくない？　壇蜜さんらしいと言えばそうだけど。

壇　しかもその病院、終わるとお食事券の特典つきだったんですけど、クリスマスの夜に人間ドック終わったあと、一人でお食事券を握りしめてどうしろと（笑）。

林　壇蜜さんがそんな寂しいクリスマスを送ってるとは思わなかった。女の花道を行って
そうなイメージなのに……。でも、花道を行けそうなのに、実はちょっとズレてるところ
が、魅力のひとつなんだよね。

壇　たぶん、花道を降りるのが早かったんでしょうね。結婚したいと思ってた人と別れて、
芸能界に入ったので。その時点で、花道を降りて生きていくのを覚悟したので、よそ見を
しなくなっちゃいました。

林　だから人気があるんだよ。きれいで魅力的なのに誰かのものではなくて、どこか世間
からズレて独りぼっちでいるのが、男の人の妄想をかき立てる。

壇　六年前に芸能界に入る前は、家賃にも困るような生活をしてましたし、結婚もしよう
と思ってたんですけどね。

林　ずいぶん狭いワンルームに住んでたと聞いてビックリしたことがあった。

壇　そういえば先日、そこを見に行ったんですよ。なんとなく気になって。そうしたら、
私と当時の彼が駐輪場に設置した吸い殻入れがまだ残ってました。

林　自分たちで吸い殻入れをつくったの？

壇　タバコをポイ捨てする人がいたので、「嫌だよね」と。いちいち掃除してるとキリがないので「灰皿を設置しよう」ということになったんです。妙にＤＩＹな彼で、駐輪場の柱に針金でくくりつけたんです。

林　あらー、いい彼じゃないですか。

壇　はい、いい彼でした。

林　もったいないですね。

壇　もったいなかった〜。タイミングが悪かったんですよね。私が仕事で忙しくなって、いっぱいいっぱいになっちゃったんです。相手は早く結婚したかったので、「どうして君はそこで足踏みするんだ」と。最初は彼も「待ってるよ」と言ってくれたんですけど、やがて「やっぱり不安だ」とも言われて。

本気で「欲しいものをあげるよ」

林　もし自分が男で、壇蜜さんとつき合ったら、すごく楽しいだろうと思うんだけど、その反面、いつも不安があると思うな。「どこまで本気なんだろう、俺のことからかってるのかな？」と心配になるかもしれない。

壇 みんな、そんなこと言いますね。「これドッキリ？　どっかにカメラがあるんじゃないの？」って言われたことも。

林 それは分かる気がする。「なんで俺なんかとつき合うんだ。何か良からぬことを企(たくら)んでるんじゃないのか」と（笑）。

壇 私は「死ぬまでドッキリだよ」って答えますけど。

林 うわー、それ、いい言葉。死ぬまでドッキリ。でも、壇蜜さんとつき合ったら、別れたくないよね。「絶対に嫌だ、何年でも待つから別れないでくれ」とか言われない？

壇 そう言われても、こちらの気持ちが。

林 「俺が悪かった。あのときは言いすぎた。ごめん」とか言ってもダメ？

壇 気持ちが……。

林 そんなこと言わないでくれよー。半年前は俺のこと好きだっていったじゃないか。

壇 言ったけど……。

林　やっぱり俺のことからかってたんだろ？　都合のいい男だと思ってたんだろ？

壇　そんなことは……。

林　私、なんで再現してんだろ（笑）。男の人の気分になって、苦しくなってきちゃった。きっと、いろんな修羅場があったんでしょうね。首を絞められたこともあるわけで。

壇　まあ、いろいろありましたね。

林　そこまで男の人に執着されるのは、どんな気分なんですか？　いまの女の子たちは、そんな経験ないと思う。「別れたい」と言えば、「そうか分かった」みたいな淡泊な人が多いんじゃないかな。たまにストーカーみたいな人もいるけど。「一緒に死んでくれ」と言われるほど愛されるなんて、ちょっと羨ましく思う人もいるかもしれない。

壇　うーん……。「一緒に死んでくれ」という気持ちも分かるんですけど、そのとき自分はその人の彼女としての自分を見失っているので。「一緒に死んでくれ」という相手の姿を完全に客観的に見てますね。

林　そっか。いままで「よくぞご無事で」という感じですね。

壇　次にそういうことがあったら、ほんとに命が危ないのかも。

林　ちょっとー。ダメですよ。この本が遺作になったら困る（笑）。
壇　だから、マネージャーには「男に勘違いをさせるな」とよく言われます。
林　いつも付き添ってないと、心配でたまらないよね。
壇　私自身が「欲しいものをあげるよ」という匂いを出してるんでしょうね。それがあるからここまで支持されるようになったと思っているので。
林　それは素晴らしいですね。「欲しいものをあげるよ」という匂いを振りまきながらも、安くは見られないのがすごいと思う。どうしてなんだろう。
壇　たぶん、「欲しいものをあげる」が本気だからだと思います。
林　そうか、単に思わせぶりにやってるのではなく、あげるときはちゃんとあげる。
壇　時間も自分も全部あげますよ。それはいつも本気です。あ、場合によっては臓器も。

何でも許されると勘違いしている傲慢な男たち

林　でも、誰にでも欲しいものを全部あげるわけじゃないですよね。相手はどうやって選ぶわけ？

壇　いろいろありますけど、何か意外な才能や能力をひとつ持っている人に惹かれたりします。たとえばアジア系のハーフで、三ヵ国語を喋れる男性がいたんですね。日本語で会話してたんですけど、ふと素朴な疑問が浮かんで、「心の中で物を数える時は何語で数えてるの？」と聞いたんです。そしたら「中国語で数える」と言うんです。でも、普通に日本語で話してる。そういうところなんですよ、私が好きになるのって。「この人は中国語で物を数えるんだ」と思えたら、私はそれで満足なんです。

林　そういうのでいいんだ。それじゃあ、お金持ちがビルをいくつ持ってても、壇蜜さんには何の関係もないですね。

壇　そのビル、私がいただけないでしょうし……。

林　たとえば、医者や医学部の学生が女の人にお酒を飲ませて強姦しちゃったりする事件がよくあるよね。ああいうのを見ると、頭が良くて、収入もあって、ちょっと見栄えがよければ何をしても許されると思ってるんじゃないかと思っちゃう。もちろん行動そのものも腹が立つけど、その背景にある傲慢さが許せない。

壇　何でも自分の思いどおりになると思ってるんでしょうね。しかも「嫌なら逃げればいい。逃げない女が悪い」みたいな態度も垣間見える。
林　そういう傲慢な男は大嫌いでしょ？
壇　その傲慢さに覚悟はないですものね。
林　どんなにお金や権力や肩書きがあっても、中国語で数える人には敵わない。
壇　まったく敵わないですね。
林　そういう男性に対するスタンスは、普通の女の子とは全然違うよね。
壇　あと、東北生まれのせいなのか、西の人に魅力を感じます。
林　生まれは秋田ですよね。
壇　はい。だから、西の人の柔軟性に惹かれるのかも。
林　なんか、分かる気がする。東大より京大の人のほうが好きでしょ。
壇　比べたらそうかも……。これまで、つき合う相手の四割ぐらいは関西弁でした。
林　ああ、あのノリに弱いのか。関西弁の男って、断られて当たり前だと思ってるから、「ホテル行かへん？　ええやんか、ええやんか、一回ぐらい」とか平気で言うでしょ。
壇　それに魅力を感じちゃうと、もうダメです。行きずりでもしょうがないか、と思ってしまう（笑）。

林　そんな、ダメですよー。行きずりは怖いですからね。

壇　そうですね。でも楽しいからしょうがないんですよ。そういう人なんだから。

林　もちろん、有名人になってからはそんなことしてないでしょうけど。怖いよ、何かあったら。母親の気分で心配しちゃう。

壇　そうですね。昔は母も心配してたと思います。

林　いまのネットの出会いって、行きずりみたいなものでしょ。それで殺されたりする事件も起きてるのに、どうしてみんなやめないのかが分からない。

壇　四年前の三鷹ストーカー殺人事件も、最初はＳＮＳで知り合ったんですよね。

林　そうそう。犯人の男のほうは、関西の有名私立大学の学生だって嘘ついてたんだよね。私も若い時はナンパされたけど、電車に乗って山梨に帰る時に大学生に声かけられたら、ちゃんと学生証を見せてもらった。モテない女ほど用心深くなるのかもしれないけど。

壇　いやいや、それはみんな慎重にしないと。

林　ネットだったら何でも書けるもんね。まあ、私も「三二歳の寂しい人妻です」なんて書いてみたい気持ちになることはあるんだけど（笑）。

壇　そういうバイトもあるぐらいですからね。でも、確かにネットのせいで昔はなかった犯罪が起きてはいるんですが、そのおかげで減った犯罪もあるような気はするんですよ。騙して会って体だけの関係で満足してすぐ殺す、みたいな衝動的な犯罪は減ったかもしれない。

林　『新婚さんいらっしゃい！』（テレビ朝日系）を見てると、いまは「ネットで知り合いました」というカップルがかなりいますよ。

壇　そうそう。私もあれはよく見てます。

林　あれを見てると、結婚なんてそんなに難しいことじゃないと思えるよね。誰もが美男美女と認めるような人じゃなくても、「ひと目見た時に可愛いと思いました」とか言ってくれる相手はいるし。だから私、「結婚したいのにできない」と言ってる人には、あの番組を見なさい、と言ってるの。

壇　私もいつか『新婚さんいらっしゃい！』に出演するのを目標にしようかな（笑）。

第三章　女は「損」なのか？

女は男より「らしさ」を強制される

林　壇蜜さんとお話ししてると、もし自分がこの容姿とメンタリティを持ってたら、人生どんなに楽しかっただろうと思っちゃう。

壇　いやいや。私の場合、男の人と張り合ってしまうという最大のウィークポイントがあるので。そこでいつもケンカですよ。

林　張り合うというのは、もっと精神的に自立したいということ？　たとえば部屋に来た男性に「終わったら帰って」と言ってタクシー呼ぶのも、張り合ってるからなのかしら。それ、男性のプライドを傷つけますよね。

壇　はい、心のどこかで張り合ってるんだと思います。それ以外にも、たとえば自分ができないことでも男性だからできるとか、男性だから自分よりも上手にできるということに対しては、すごく悔しいと思っちゃうんですよ。

林　たとえば、どんなことですか。

壇　よく思うのは、男性が女性っぽく振る舞うのは「オネエ系だね」みたいな感じで受け入れてもらえるのに、女性が男性っぽく振る舞うと「何カッコつけてるんだ」と反感を持たれることです。性の逆転みたいなたわむれが、男性はしやすいのに女性はしにくい。それがいちばん悔しいですね。

林　女性のほうが「らしさ」を強制されるということかな。

壇　そういうことかもしれません。あと、出世もやっぱりまだ男性のほうが有利な世の中ですよね。スキルやキャリアが同じなら、どうしても女性より男性のほうが採用されやすいでしょう。ずいぶん機会均等が進んだとはいえ、まだそこは根本的に変わっていないと思っています。

林　でも芸能界のお仕事は、まったく男女差別がないですよね？　私たち作家の世界もそうだけど、男だから人気者になるということはないと思う。非常に平等な世界。

壇　そうですね。物書きの世界は男女差がないと思います。ただ芸能界のほうは、ファンに対する「牽引力（けんいん）」みたいなものが、女性だとどんどん下がっていくのが怖い。

林　牽引力？　ファンを引きつけておく力みたいなもの？

壇　ええ。俳優でもミュージシャンでも、男性の場合はいくら歳を取っても変わらずに追いかけてくれる人たちがいるんです。もちろん女性にもいるんですが、その牽引力を維持するには男性の数倍の努力が必要になるような気が。見た目が変わったり、家庭を持ったりすると、それまでファンだった人たちがついてこなくなる。

林　そうか、男性はそういうことでファンの態度が変わらないもんね。

男性の不倫は復帰が早い

壇　たとえばベッキーさんにしても、彼女が男だったらあんな目には遭っていないと思います。

林　それはそうですよね。もちろん彼女は女性だからあれほどの人気者になったんだけど、バッシングも女性だから厳しくなってしまう。

壇　そこは皮肉なところだと思います。不倫であれ何であれ、不祥事を起こした芸能人が復帰する確率は圧倒的に男性のほうが高いように見えてしまいます。

林　そうなのよね。ベッキー騒動のあと、桂文枝さんとか三遊亭円楽（六代目）さんとかも不倫問題が報じられたけど、大したバッシングもなく普通に仕事してる。女性のほうは、自分の家で旦那と浮気相手が鉢合わせしちゃった矢口真里さんなんか、未だにまともに仕事させてもらえない。

壇　不倫疑惑のほかにもいろいろあった江角マキコさんは、芸能界を引退してしまいましたし。結局は女のほうが引きずり降ろされるんですよね。

林　それで、男のほうは生き残る。これ、要は女性が女性を許さないいんだよね。男性は他人の不倫なんてどうでもいいと思ってるから、不倫した男も女もそんなに叩かないの。最初は叩いても、そのうち許す。渡辺謙さんが不倫しても、「やっぱりモテるんだな」と羨ましがる程度のこと。でも女性は、どういうわけか男より女を叩いて、いつまでも許さないのよ。自分の旦那が浮気をした時も、旦那より相手の女を恨んだりするでしょ？

壇　やっぱり、男性がつくった社会だからなんですかね。同じ正論を吐いても、男性のは通るのに女性のは通らなかったりするんですよ。芸能界に入ってからはそうでもないですが、銀座で働いていた時はそういう理不尽さをよく感じました。

林　それは家庭内でもそうで、前にも話したとおり、うちなんか旦那が威張ってますからね。向こうが間違ったことを言った時、こっちが理詰めで正しいことを言っても無駄。それを通したいなら、もう別れるしかないのよ。

壇　そこまで行きますか。

林　だから最近は私も反省しちゃって、「正しいことより優しいことを」と思ってる。男を理屈で追い詰めると、かえって面倒臭いことになるの。

壇　それ、分かります。理詰めで追い込むと「ヒステリー」と言われる。

林　そうそう。

壇　「これはヒステリーじゃなくて、声が高いだけなのよ」と言ってやりますけどね。

林　でも壇蜜さんなら「キーッ」というのも可愛いと思うけどな。私みたいなおばさんの「キーッ」とは全然違う。

壇　追い詰められた男性にとっては同じですよ。

「みんなのミューズ」としての責任

林　そんなにしょっちゅう男の人を怒らせるの？

壇　怒ってきますね。「俺のことを本当に好きじゃないのか！」とか、「ほかに男がいるんだろ！」とか。
林　ああ、そういうことか。そういう時、なんて答えるんですか？
壇　「うーん……好き」って。
林　でも「タクシー呼ぶから帰って」と。壇蜜さんは男の人に執着心を持たないから、向こうからは執着されるのかもしれないね。
壇　そうなっちゃいましたね。昔は好きな男の人をずっと追いかけるタイプだと自分では思ってたんですけど、どうもそうではなかったみたいで。
林　男性に執着しなくなったのは、今のお仕事を始めてから？
壇　そうですね。もう無理だと思いました。
林　芸能人として「みんなのミューズ」になったからには。
壇　はい、その責任を取ろうと思いました。その意味では、田中みな実さんにも自分と同じ匂いを感じます。「みな実はみんなのみな実だから」って、あれは本気で言ってるんだろうと勝手に思ってるんですよ。
林　えー。田中みな実ちゃんに、会ったことはあるんですか？

壇　仕事で一緒になったことがありますよ。素顔はクールでドライな感じ。キュートですが頭もとても良い人です。

林　同じ匂いを感じるんだ。

壇「みな実はみんなのみな実だから、タクシー来たら帰ってね。またメールするね」というような気がするんですよ（笑）。

林　面白いね。男って、何回か関係を持つと「俺の女だ」と思いたがるんだけど、そういう幻想を打ち砕いてるんだもんね。「みんなの壇蜜」と言われたら引き下がるしかない。

壇　なかには「みんなのものなら俺のものでもいいだろ」という人もいますけど、もう一度「でも、みんなのだよ」と念を押すと引っ込みます。

ハワイがいちばん似合わないグラビア・アイドル

林　時々、週刊誌のグラビアを拝見して「きれいだなー」と思うんですけど、あれはまさに「みんなの壇蜜」的な仕事ですよね。もう十分に売れっ子になったけど、それでもグラビアはやめない？

壇　やっぱりファンはそれを楽しみにしてくれてますからね。一方で、広告の仕事はヌードをやり過ぎるとなかなかうまくいかない面もありますが、テレビは私が理由があって脱いでいれば出してくれる世界なので。

林　ああいう表情ができるのはあなただけだよね。大きな目で誘うような表情をする子は大勢いるんだけど、壇蜜さんの場合、なんていうか、隠花植物みたいな感じ。誘ってるわけでもなく、突き放してるわけでもなく、どこか遠くを見てるようなんだけど、それでもやっぱり自分を見てくれてるみたいな。ほかのグラビアと比べると、壇蜜さんのページだけ色彩からして違うような気がする。明るい海で撮影したことないでしょ。

壇　そうなんです。ハワイがいちばん似合わないですね（笑）。いつも、靄（もや）のかかった木造の家で、人前に出しちゃいけないような姿なんだけど一応写真撮っとくか、みたいな感じのシチュエーションですね。

林　そうそう。ちょっと隠匿しておくような。

壇　どういうわけか私の撮影になると、みなさん幽閉願望が出ちゃうんですよ。「こいつは閉じ込めておこう」という。

林　たとえば篠山紀信（しのやまきしん）さんは、壇蜜さんの魅力についてどうおっしゃってました？

壇　対談したことがあるんですが、やっぱり「明るさとか元気さみたいなものがないところに安心を感じる」とおっしゃっていました。

林　篠山さんには『アカルイハダカ』（小学館刊）という名作もありますよね。若い可愛い女の子たちが、あっけらかんと一糸まとわぬ姿で撮られてるの。篠山さんに「どこからあの女の子たちを見つけてくるんですか」と聞いたら、「普通のプロダクションにいくらでもいるよ」というのでビックリしたんだけど。でも、ああいう作品を物する一方で、やっぱり壇蜜さんにも惹かれるのが篠山さんなんだろうな。ちなみに、篠山さんが女性作家でいちばん惹かれたのは、たぶん柳美里（ユウミリ）さん。一時期、すごい撮りまくってた。壇蜜さんも、彼女と似た雰囲気があるのかもしれない。

壇　柳さん。……ああ、分かる気がします。

林　それにしても、壇蜜さんのグラビアはすごい。これだけ活躍してたら「私はもう脱ぎません」という人も多いじゃない？　でも壇蜜さんはまだ平気で脱いでいて、しかも以前よりも魅力的になってる。大変なことですよ、これは。

壇　スタートの時点では、よく「撮るのが難しい」と言われたので、だんだん良くなってるとしたら嬉しいですね。

女は心のどこかに「夜叉（やしゃ）」を飼っている

林　そうやって、いつまでも男の人たちのミューズであり続けているようでありながら、実は男の人の社会をまるで信じてない。壇蜜さんは、そこがすごく面白いですね。本人が自覚してるかどうかは分からないけど、どこかでこの体制を崩していこうとしている。男社会の典型的な価値観に乗っているように見せかけながら、「これは仕事だ」と割り切ってるわけですよね。だから、男たちが勝手につくり上げたイメージを突如として覆したりすることができる。これは壇蜜さんでなければできないことで、あなたがやろうとしていることは本当に面白いと思います。「ポスト壇蜜」みたいな人も少し出てきてはいるけど、やっぱり違うのよね。ほかの子は、みんな目が明るすぎるように思っちゃうの。

壇　そのあたりは編集の方々に助けられてる部分も大きいですね。たまにカメラの方から「ニコッと笑って」と要求されることもあるんですよ。みなさん、一応は試しにそれも撮ってておきたいんでしょうね。でも最終的にはそれが見事に採用されないんです。「この子はあなたのことが大好きですよ」という感じの写真は編集段階ですべてカット（笑）。

林　なるほど。「みんなの壇蜜」は、逆に言うと誰のものにもならないんですね。そして一方では、女性にも人気が広がっている。これについてはどう受け止めてます？

壇　「女性からも人気ですね」と言われるのは、裏を返せば「ようやく女性があなたを見るようになりましたね」ということだと思うので、真摯に受け入れるようにしています。

林　ちょっと前は、『ポケベルが鳴らなくて』（日本テレビ系）の裕木奈江ちゃんみたいに、ドラマの役柄で女性に嫌われちゃって、男性には人気があるのに女性に追い出されるような形で芸能界から去る人もいましたよね。でも最近は、壇蜜さんにしても、菜々緒さんにしても、昔なら女性に嫌われたかもしれないキャラの人が女性に好かれるじゃないですか。

壇　たぶん、私と菜々緒さんに共通しているのは、男性の目を惹いてのし上がってきた匂いはするけれど、そのあとで男を捨てているところだと思います。

林　なるほど、それは鋭い。

壇　男の手から出されるごはんを食べている感じがしないから、女性にも嫌われない。

林　そうか。男性の人気はあるけど、男性に依存しているわけではない。そうかもしれない。菜々緒さんと対談した時、彼女、「人間に興味がない」と言ってた。だから、あんまり外にも出ないんだって。確かに、のし上がる時にはいろいろあったらしいけど。

壇　女の人は、自分の中に「夜叉」を飼ってますよね。すごい合理主義の女性にも、それがある。そういう女性が「ここぞ」という時に出した夜叉がすごい夜叉だと、同性からの支持率が高くなるんだと思います。

林　分かる分かる。男の人には分からないかもしれないけど。野心みたいな単純なものではなく、ある目的のためには男なんかポイッと捨てちゃうような。

壇　そうですね。男でも何でも手段としてどんどん使い捨てにできてしまう「鬼」みたいな感じでしょうか。

女性の支持を得るポイントは「ダメ人間」とつき合うこと

林　夜叉の出し方は難しいよね。いつも出しっぱなしだと嫌われてしまうし。

壇　とはいえ、引っ込めてばかりいると夜叉は死んでしまう。同性が男に依存していることに、女の人はすぐに気づきますから、時々夜叉をチョイ出ししなきゃいけない。男のお金でごはんを食べてるとか、男のお金で贅沢そうに見せてるようなのが、いまはいちばん女性に支持されにくいと思います。

林　私のお友達の大金持ちも、「女優の面倒を見てくれ」という話をよく持ちかけられるみたい。実際、その人の友達はある大物女優の面倒を見てたら週刊誌に出ちゃった。そのクラスの女優でもそういうことしてるのかとビックリですよ。

壇　祇園の旦那みたいなものですかね。まあ、バラエティやトーク番組とかに出ないで女優一本でやっていくとなると、結構シンドイと思います。

今後、女性の支持を得るためのポイントは、ダメ人間とつき合うことかな。

林　そうそう。高島礼子さんがそうだよね。高知東生さんとはもう離婚しちゃったけど。

壇　確かに、女性は彼女の悪口を言わないでしょうね。よし！　どこかでダメ人間を捕まえてきます！（笑）

林　ダメ人間といえば、作家の村山由佳さんは「女流作家は、すべからくろくでなしと結婚すべし」と言ってた。彼女自身がそうなんだよね。昔は元高校教師の旦那と鴨川で自給自足の生活をしてたんだけど、ある時旦那を捨てて別の男性に走ったの。それも三人ぐらい同時につき合ったのね。その時レギュラーの男がすごい名言を吐いた。
壇　レギュラーと補欠がいるんですね（笑）。
林　そう。その彼が「ほかの男と、した？　俺のかたちじゃなくなってる」と。すごくない？　それ、村山さんの名作『ダブル・ファンタジー』（文藝春秋刊）の帯にもそのまま使われてるんだけど。
壇　その体験から名作が誕生したんですね。
林　そのとき彼女は「いままでの自分を捨てる」といって、胸や脚にタトゥーを入れたんですよ。しばらくしてまた入籍したんだけど、それが実に怪しげな男で。気づいた時には、彼女の家が抵当に入ってたんだって。
壇　まさに「ろくでなし」ですね。
林　そうなのよ。ご自分でも書いていることですが、あちこちからの督促状が何年間分も溜まってたらしいの。それを彼女がいま必死になって働いて返してるのよ。やりたくもない講演まで引き受けて。

壇　ろくでなしの男は何をしてるんですか？

林　今はもう別の人と暮らしてるそうです。

壇　またアップデートしちゃったんですか。

林　今は別の人と暮らしていて、いずれこのことも小説にするらしいけど。それ聞いて、私はもう負けたと思った。こんな人に敵うわけないですよ。

壇　ちょっと体を張りすぎじゃないですか（笑）。

林　まあ、作家はそういうことが自然に出来ますよ。

壇　私にはそこまでやれないと思います。

男の経営者は「Mっ気」が強い

林　ところで、芸能界や作家の世界はわりと男女平等だけど、ベンチャービジネスなんかもそうですよね。起業家としてやっていくのに、男も女も関係ない。

壇　そうですね。組織の一員になると「ガラスの天井」にぶつかって、能力があっても出世できなかったりしますけど、起業してトップになってしまえば、ガラスの天井は自分の下に置くことができますから。

林　だから、起業する若い女性がどんどん増えるのはいいことだと思って。

壇　女子高生社長として有名な椎木里佳さんみたいな人もいますしね。夢を持って起業する女性はますます増えると思います。

林　うちの隣に女性経営者の草分け的な存在のおばちゃんが住んでるのよ。財界のおじさんたちって、自分の会社では「ガラスの天井」を置いてるくせに、ああいう女性経営者には弱いみたいで、そのおばちゃん、未だに「財界のマドンナ」と呼ばれてて、すっごい威張ってる。その人に「何言ってるのよ、このジジイ」とか言われると、みんな「ヒイーッ」とか言って喜んでんの。

壇　男の人って、歳を取ると若干「M」のほうに傾くのかもしれない（笑）。

林　特に偉い男の人にはMが多いでしょ。

壇　ええ。それで私、偉い人とうまくいかないんですよ。自分がMだから。

林　そうなんだ。女性経営者だけじゃなくて、クラブのママなんかにも弱いよね。お店ではママがすっごい威張ってて、「ダメじゃないあなた、何やってんのよ」とか言うんだけど、財界のおじさんたちは「ごめんごめん、そう言わないでよ」と嬉しそうにペコペコするでしょう。あのMさ加減はすごいよね。財界のパーティでも、みんなママに挨拶して。「私の席は空けなくていいわよ。あなたの膝の上に座るから」とかね。ママにはそういう人が多いです。結局、そういう人がいちばん強いんですよね。

林 でも壇蜜さんはMっ気があるから、それはできない？

壇 その業界ではサゲマンですね。ナンバー2的な補佐役なら長く続けられるでしょうけど、ママにはなれません。

林 ちょっとSっ気がないとダメなんですね。私もMっ気があるからダメだな。そうじゃないと、あんな夫と一緒に暮らせない（笑）。Sっ気のある男性をのさばらせちゃうタイプ。「すいません」とか言いながらお茶を出したり。銀座のママみたいにはなかなか振る舞えない。

壇 つい「そんな弱気なこと言わないで頑張ろうよ」とか「そんなに怒ったって、いいことないじゃない」とか言っちゃうんですよね。すると、相手がつけ上がっちゃったりして。

SとMの二枚看板で行ければいいが……

林　いやいや、私はそこまで優しいことは言わないな。会社の話をされても、別に面白くも何ともないから、「ああ、そう」と聞いてやるだけ。向こうは向こうで、私がその日に仕事で会った有名人のことなんかを話し始めると、「おまえらの異様な世界の話なんか聞いてもしょうがないだろ」という感じなんだけど。

壇　そっかー。私はわりと真剣に聞いてあげちゃうんですよ。「そうだね、そうだね」「うんうん、大変だったね」って。

林　この笑顔でそんなこと言われたら、たまりませんね、男の人は。

壇　でもMっ気のある男の人は、それじゃ物足りなくなるんですよ。だからママ的な存在を求めるようになるんじゃないかな。SとMの二枚看板で行けたらいいんでしょうけど。

林　私が男だったら、壇蜜さんに「大変だったね」なんて言われたら泣いちゃいますよ。それ以上は何も要らないでしょう。ほとんど菩薩(ぼさつ)のようじゃありませんか。そこまでしたのに、男の人に酷いことされた経験があるの？

壇「どうしてもっと俺の気持ちを分かってくれないんだ」と。

林　それ、いくら何でもワガママすぎるでしょ。

壇　たぶん、女王様のSっ気が欲しくなって、そっちに行っちゃったんだと思います。

林　芸能界にも、上から目線で高飛車にいじめまくって男を夢中にさせるSタイプの女性も多いじゃないですか。そういうのは、演技でもできませんか？

壇　演技でもちょっと難しいかな。

林　そういえば、西原理恵子さんのマンガにすごいシーンがありましたよ。高須克弥先生と温泉に行くんだけど、彼が「今日はちょっと調子悪いから寝かせてくれ」と言ったら、「てめぇ、女を温泉宿に連れて来て何もしないなんて、ふざけるな！」ってギャーギャー暴れるの。「ここまで来て恥をかかせるな」って、普通は男の台詞だけど。ああいうことができたら楽しいかもしれない。男の人も嬉しいんだろうし。

壇　私は無理かなー。でも、その場その場でのスポット的なSっ気ならちょっと出せるかもしれない。私の部屋に置き忘れていった物を捨てちゃうとか。「俺のあれはどこ？」「ん？　ああ、捨てた」みたいな。

林　おお。ちょっと意地悪な感じでいいかも。私が男だったら「ごめんなさい」って土下座しちゃう。というか、私、男だったら壇蜜さんと三ヵ月でも暮らせたら天国かも。「全財産渡すから三ヵ月だけお願いします」って。

壇　ドラマのワンクール分だけですか（笑）。

林　そうそう。その思い出だけで生きていけそうな気がするな。でも、いざ一緒に暮らしたら、三ヵ月後に「もっと居させろ」って首締めちゃったりするのかも。

壇　最終回はそれですか（笑）。結局、私を待ってるのは死じゃないですか〜。

林　ＳＭといえば、勝目梓さんの『異端者』（文藝春秋刊）がすごく面白かった。エロ雑誌の編集者が、女王様とプレーしたり、夫婦交換したり、ありとあらゆることをやる小説。こういう世界があるのかと思えるので、よかったら読んでみてください。もう、おしっこ飲まされるのが幸せという世界ですね。

壇　男の人が飲むんですか。

林　そうそう。

壇　うーん。飲むのはちょっとできるかもしれないけど、飲ませるのは……。そういう話を聞くのは好きなんですけど、自分でするのは勇気要ります。

林　やれば絶対できるって。男に優しくしてばかりじゃ、もったいない。もっといろんなものをふんだくりましょうよ。私はもう無理だから、自分のできなかったことを壇蜜さんにやらせたい（笑）。私はもうリタイアしたおばさんだけど、賢さだけは身についたので、壇蜜さんの美貌と若さと体型をロボットみたいに使いたいのよ。

壇　究極の「できるかな」ですね（笑）。正直、それができたら大きな強みになるとは思うんですよ。でも私、ドラマ『半沢直樹』（ＴＢＳ系）の撮影で堺雅人（さかいまさと）さんを叩くシーンでさえ、「もう怖くて叩けないです」と半泣き状態になったぐらいなんです。

林　そっか。でもあのシーンなんか、まさにＳっ気が漂ってたじゃないですか。あれを見て「壇蜜にいじめられたい！」と思った男は間違いなく多いはず。やっぱり、演技ならできるんですよ。だから、私のためにもお願いします。

壇　努力はしてみます。どんな努力だかよく分かりませんけど（笑）。

ＬＧＢＴをどう考えるか

林　ここまでは男と女の損得や力関係みたいなことを話してきましたけど、いまは男女平等の問題とは別に、いわゆる「ＬＧＢＴ」の問題もクローズアップされてますよね。私はもちろん、女同士や男同士で恋愛や結婚をしても全然かまわないと思ってますよ。でも、たとえば東京の渋谷区が「パートナーシップ証明書」を交付するようになったじゃないですか。これにはちょっと疑問を感じるんです。公共のお金を使って自治体が後押しして、それで問題は解決するのかな、と。

壇　なんというか、ある意味でロマンを捨てることにはなるような気がします。これまでは、良くも悪くも当事者同士でしか理解し合えない精神的な秘め事みたいなものだったわけですよね。「世間には認められないけど私たちはいつも一緒だよ」という気持ちを育むことができた。それを急に自治体が大々的に後押ししたら、当人たちも戸惑うと思います。

林　私も、何か違うような気がしてならないのよ。

壇　逆に、あらためて「やっぱり差別されてるんだな」と感じてしまうような気も。

林　最初に大きく報道された二人の女性が、きれいな人だったでしょ？　あれがおばちゃんカップルだったら、みんなこんなに温かい目を向けたかどうか。

壇　うーん、どうでしょうね。いずれにしろ、同性婚を応援できない人たちはまだたくさんいるとは思います。

林　個人の問題だから、それ自体を差別する気は全然ないんだけど、あまり「権利」と声高に言われるのには違和感があるんですよ。確かに権利なんでしょうが、そう大きい声で言われてもと。

壇　まず私たちは、よく理解して受け止めなきゃいけないのに、その前に「権利だ権利だ」と言ってしまったら、ついていけない人も多いんじゃないでしょうか。

林　「自分は人権を重視する進歩的な人間だ」ということをアピールしたい人たちが、LGBTの人たちにやたらと近寄ってくるでしょう。あれも何か違うような気がする。私なんか、別に嫌でも何でもなく「ふーん、そうなのか」と思うだけ。感覚的に、きれいな女性カップルを見ると一瞬「もったいないな」と思っちゃったりもしますけどね。これは差別なのかしら。男性同士のカップルに対しては何も思わないんだけど。

壇　同じ女性として見るからそう感じるんじゃないでしょうか。同性だと「女の一生」みたいなものを我が事として想像しやすいので。男性の人生は想像しにくいので、「もしこの人がストレートだったら、どんなお嫁さんをもらうだろう」とか考えませんよね。

林　なるほど。それはそうだよね。そういえば以前、同性カップルに「どっちが男役でどっちが女役か」は差別につながるから聞いてはいけないと言われた。いちばん失礼な質問なんだって。

壇　確かに、それは聞きにくいですよね。ただ、昔おじゃました新宿二丁目のレズビアンのパーティでは、みんな自分がどっちなのかをちゃんと言うシーンもありました。そうしないと相手を見つけにくいので、「友達がタチで、ずっとネコを探してる」とか、両方OKの人は「私はリバなんだけど」とか。

林　そういうパーティに行ったことがあるんだ。モテモテだったでしょ？

壇　そんなことはなかったですよ。二七歳ぐらいの時で、年齢的に微妙だったこともありますけど。三〇歳以上か二〇代前半の人が多かったので、「ちょっと中途半端なところね」と言われました。

林　そういうものなんだ。まあ、男女の形は多様ですよね。でも「いろいろあるよね」で済ませてしまうのも、なんだか嘘っぽく聞こえてしまうのよ。こんなふうに差別をなくそうとしている一方で、世の中では「オカマ」という言葉が平然と使われている。テレビではそれを売りものにしている人たちを笑っている。ものすごくいびつな形になっていますよね。

壇　「いろいろある」と認めた先に、「自分はノーマル」みたいな意識を持たざるを得ない時代にはなってしまいましたよね。その多様性を受け入れて寛容な態度を取ることは誰にでもできるけど、じゃあ同性に迫られた時にどうするの、という話。そこで差別的にならずに振る舞うのは、そう簡単なことではないと思います。

ファッションのお手本になる女性皇族を

林　話は変わりますけど、皇室の問題も男女平等に関わるテーマのひとつですよね。男系だけでは皇統が危ういので、女性宮家を設立するべきだという話は小泉政権の時からありました。秋篠宮家に悠仁(ひさひと)さまがお生まれになって、いったんその話は消えたけど、天皇陛下の生前退位や眞子さまのご婚約もあって、また議論されています。

壇　女性宮家や女性天皇が実現したら、かなり社会に与える影響は大きいんじゃないでしょうか。メディア次第だとは思いますけど。男性の宮家や天皇と同じような取り上げ方をすれば、ちゃんとやっていけると思います。

林　私は、愛子さまに関しては女性宮家をつくるのはいいと思うんだけど、あまり広げるのはいかがなものかと思うんですよね。なにしろ皇族というのは常に護衛がつくような窮屈なお立場だから、なるべく自由にさせてあげたい。

壇　皇籍を離れても、女性の生き方に影響を与える方はいらっしゃいますよね。

林　島津貴子さんがそうですよね。昭和天皇の末娘。つまり今上陛下の妹さんなんだけど、すごくおしゃれでカッコいい。結婚直前の誕生日に行われた記者会見では、好きな男性のタイプを聞かれて、「私の選んだ人を見てくださって」と答えて、それが流行語にもなった。それがきっかけで日本でも恋愛結婚が増えたんだって。堤清二さんに頼まれて、パリで西武ＰＩＳＡの買い付けのお仕事もされてたんですよ。

壇　そういう方の活躍はインパクトがありますよね。

林　世の中では女性の社会進出が増えているけど、女性の皇族や元皇族の生き方はあまり変わってないよね。むしろ島津貴子さんの時代のほうが進んでた。あの方みたいに颯爽と働く方がもっと出てくればいいのに。

壇　いまの女性皇族の方々もきれいですけど、プリンセス感が強いような気はします。

林　イギリスのキャサリン妃とかモナコの王女様たちとか、女性週刊誌のグラビアでファッションを見ると「わぁ、素敵！」と思うんだけど、日本の皇室の女性たちはもうそういうところに載らなくなっちゃったよね。昔は雅子さまの着回しを特集して「私たちのお手本です」とやってたけど、いまはそれが百合子ちゃんになっちゃった。

壇　百合子ちゃん？

林　小池の百合子ちゃんですよー。

壇　ああ、東京都知事がファッションのお手本になってるんですか。

林　女性週刊誌で何度か見たよ、そういう特集。皇室の方々がもっとお手本になってほしいですよね。「このお洋服、素敵だけど、どこのかしら」と話題になるような感じで。キャサリン妃なんか、帽子をかぶってても素敵じゃないですか。

壇　妹のピッパちゃんも可愛いですよね。二人ともモデル出身で、「ウィステリア（藤）姉妹」と呼ばれてるんですよね。

林　上にはい上がっていくウィステリア。あの姉妹はすごいと思う。あと、シャーロットちゃんのドレス姿も可愛いかった。

壇　……という話を日本の女性皇族でもしたいわけですよね。でも、いまはなかなか皇室ファッションを真似しようという話にならないのは、確かにちょっと寂しいです。

女が本気になったら男に勝ってしまう

林　昔に比べれば女性差別みたいなことは減ったし、だからこそ女性宮家も議論されるようになった面はあるんでしょうね。でも、そうはいっても、女が損をする場面は少なくない。もちろん男のほうが損な場面もあるはずだけど、「自分が男だったらもっと人生うまくいったはずなのに」と思ってしまう女性は多いよね。「女だったらうまくいったのに」と思う男性よりは、きっと多い。

壇　そうでしょうね。「女だからガラスの天井を破れない」とか「女だから男の人より収入が少ない」とか思ってしまうのは仕方がないんですが、だからといって男にはなれない。だから、もう一度「でも私は女」と自分に言い聞かせて、女のネガティブな側面とポジティブな側面で自分をサンドイッチするような生き方がいいんじゃないでしょうか。

林　確かに、女だから得することもありますからね。

壇　だって、女に生まれたのは宿命ですもん。確かに損なことはあるけれど、それって、女には才能があるからあえて制御されているんじゃないかと私は思ってるんですよ。そうしないと社会が女だけの世界になってしまう。女が本気でやったら男の人に勝っちゃうから、抑制されているんだって思ってみたり。

林　男に勝つと嫌われて排除されるのが分かってるから、本気を出さない？

壇　ええ。どんなに頑張っても、力だけは男性にかなわないんです。女は男ほど重い物は持てないし、瓶の蓋も開けてもらうことがある。それはありがたいことだと感謝するんですけど、力の差があるから女が損をすることもあるわけですよね。その差は受け入れた上で、賢く返す世界のほうが均衡が取れるような気がします。

林　賢く返すのもまた難しいんですけどね。

壇　私みたいな考え方には、反発される女性も多いだろうと思うんですよ。「そういう発想が慰安婦問題にもつながる」と言われたこともあります。

林　なるほど。それも分からなくはないけど、慰安婦問題まで広げられるとちょっと困っちゃうよね。

壇　でも私は、銀座のクラブという水商売の世界でセクハラ対策なんかのノウハウを学んだ人間なので、そういうやり方しか知らないんですよね。

林　断固として戦うんじゃなくて、受け流したり、いなしたりするような感じかな。「負けて勝つ」みたいな？

壇　そうですね。徹底的にやり返して、自分は被害ゼロのままスカッとすることは絶対にないと思ってます。相手を突っぱねれば、跳ね返ってきた泥で自分も必ず汚れる。

林　自分がまっさらなままで相手を突き返すことはできない？

壇　そう思います。降りかかる火の粉を払えば手を火傷（やけど）するのと同じで、賢く返してもちょっと痛い思いはするんですけど、その火傷が癒えるまで待てばいいんじゃないかと。

林　これまで、いろんな火の粉が降りかかってきたんでしょうね。

壇　いっぱい火傷しましたけど、仕方がないです。それでも生きていかなきゃ。降りかかった火の粉で火傷して、それが癒えた姿で生きてることが実感できればいい。なんだか、もはや痛みがないと生きて行けないような気がするんですよ。マゾですね（笑）。

「ハイリスク・ノーリターン」から蘇る自分のすごさ

林　マゾというより、壇蜜さんのは「清濁併せのむ」みたいな発想かもしれない。それで思い出したんだけど、私は最近、「たまには人に騙されてみるのもいいかも」と思ったんですよ。というのも、ある占い師の女性と知り合ったんだけど、その人、海外で活躍してる超有名なスポーツ選手と仲良しだという触れ込みなわけ。

壇　いかにもあやしげな話ですね（笑）。

林　で、その人が「お祈りをしてあげるからうちにいらっしゃい」と言うので、その気になってたのよ。ところがその前に、そのスポーツ選手が帰国したから、共通の知り合いが「一緒に食事でも」という話になったの。

壇　いいタイミングで帰国しましたね。

林　そうなのよ。それで食事しながら「この占い師の方、ご存知ですよね？」と聞いたら、「その人誰ですか？」と。

壇　よく知らない人でも、うっかりツーショット写真を撮ったりすると、いいように使われたりしますからね。

林　だから彼女のうちに行こうかどうしようか悩んだんだけど、その時どこからか「いいよいいよ、たまには人に騙されてみよう」という声が聞こえた気がしたの。人に言われたんじゃなくて、自分の中から湧き出た言葉だから、これは素直に聞こうと思ったんですよ。

壇　ご自分の気持ちにしっくりとフィットしたんですね。

林　そう。しっくり来た。よくレストランで私が「これ不味い」とか言うと、夫が「たまには不味い物も食え」と言うんだけど、夫に言われると「ふざけんな」と思っちゃうのよね。でも、「これも宿命だ」と思えば、不味い物も食べられる。それと同じで、たとえ騙されてると分かっていても、「これも自分に与えられた課題だ」と受け入れて騙されてみるのも悪くないかもな、と思ったんです。今はその女性のところに、足しげく通っています。

壇　そうですよね。不味い物を食べきるのはハイリスク・ノーリターンな行動なんですけど、それも大事なことだと思います。私はコーヒーが飲めないんですけど、以前、板尾創路さんが仕事場にアイスコーヒーを持ってきたことがあるんですね。すすめられたから、「ごめんなさい、私、コーヒーが苦手で」と言ったら、板尾さん、「分かった。我慢して飲め」と。

林　おお。そういうのに惹かれる？

壇　「我慢して飲め」には、ちょっと惹かれましたね。それで我慢して飲みきったら、「うん、それでいい」って（笑）。

林　いい話だなー。みんな、ハイリスク・ノーリターンの大切さを忘れてるよね。

壇　ハイリスク・ノーリターンから蘇る自分って、すごいと思うんですよ。

林　分かる分かる。

壇　だから私、一年に一度は何かしらハイリスク・ノーリターンなことをやろうと思ってるんです。

リスクを避けていたら人類は滅んでしまう

林　そういえば秋元康さんは、一年に一度、大嫌いな人と食事するんだって。楽しくも何ともないけど、そこで自分がなぜその人を嫌いなのかを確認する。そうすると、必ずその相手と自分に何かしら共通点があることに気づくそうです。

壇　深いですね。

林　でも、男と女だと「ノーリターン」は絶対あり得ないよね。どんなに酷い男でも、何かしらリターンはあると思う。たとえ騙されてお金を取られたとしても、何か楽しいことや嬉しいことがあるはず。実際、私の男友達にも、性根の悪い女に騙されたりいじめられたりするのが大好きな人が何人もいますよ。その女が何か良からぬことを企んでいるのは最初から分かってるんだけど、それでもいいんだって。

壇　それはもはやリスク自体が喜びになってますね（笑）。でも、そういうリスクを負えるようになるのは、自分が大きくなっている証拠でもあるんじゃないでしょうか。だからこそ、年に一度はハイリスク・ノーリターン体験をしたほうがいい。

林　そうそう。いまの若い人は、リスクを負うのを嫌がってるような気がする。何か見返りが約束されないと行動しないのは間違いだよね。恋愛がその最たるものだけど。

壇　損か得かを単に合理性だけで突き詰めていたら恋愛も結婚もできませんよね。すると少子化が進んで、日本が滅んでいく。

林　それこそ子育てだって、時間もお金も労力もすごくかかるけど、ある意味ではノーリターンですよ。でも、みんながそれをやって来たから人類が続いてるわけでしょ？「お金もかかるし、自分の時間が奪われるから子供は要らない」なんて考える人がいるのには、ビックリしちゃう。

壇　損得勘定ばかりしていると、時々味わう「ノーリターン」の魅力が見失われてしまうのでしょうね。

第四章　人はなぜ不倫を許さないのか

ベッキーはなぜあそこまで叩かれたのか

林　ベッキーちゃんの一件以来、有名人の不倫叩きが凄まじいですよね。なんでこんなに叩かれなきゃいけないのか、私にはよく分からない。違法なクスリやってるわけでもないのに。

壇　法には触れていませんからね。でも、それがまた怒りの元になるんですよ。タレントという、自分たちがしたくてもできないことをやってるのに、警察に捕まるわけでもなく、好き勝手に快楽も貪っているように見えた。

林　それが許せない？

壇　羨望の裏返しだと思いますけどね。

林　でも一般の人たちだって、不倫ぐらいしてるでしょ。ある出版社の編集長なんか、「男の編集長で愛人のいない奴なんて一人も見たことがない」と言ってたよ。編集長が不倫してるくせに芸能人の不倫は叩くわけ。まあ、それが売れるからなんだろうけど。

壇　芸能人は世間的なイメージで食べている人たちですからね。たとえばＣＭで稼ぐなら品行方正でなきゃいけない。バラエティ番組で司会をするなら、温厚で人柄もよくなきゃいけない。そんな人間が不倫なんて許せない！　と思う人が多いんでしょう。

林　だからベッキーちゃんはいつまでも許されないわけ？　相手の男性は許されてるのに。

壇　彼女はそれまでの好感度が高すぎましたよね。あまりにも良い子で、みんなが大好きな国民的アイドルのような存在。落差が激しかった。

林　みんなビックリしちゃったのね。

壇　明るいキャラでみんなを元気づけてた方だったので、裏切られたように感じたんでしょうね。「信じてたのに、酷いじゃないか」とショックを受けてしまったんです。ただ不倫がバレただけではなく、「卒論を書く」とか「センテンス・スプリング」といった生々しいLINEのやり取りも出てきちゃいましたからね。あれでショックを受けた人は多いんじゃないかな。

林　LINEは怖いから、やらない人も多いよね。

壇　私もやらないです。もう、秘密の連絡はハトの脚に手紙つけて飛ばさなきゃいけない時代になるかも（笑）。

林　それもいいですね。あとはモールス信号かな。

「言ったモン勝ち」のスキャンダル報道

壇　勘違いも怖いですよね。たとえばドラマの共演者の人と「どこかで集まりましょう」と書いたメールが流出して、打ち上げの現場で写真を撮られたとするじゃないですか。大勢いるのに、二人の部分だけ切り取られたり、「二人で密会」と変な噂を流されたりするわけですよ。それをみんな簡単に信じてしまう。

そういうスキャンダル報道は、やりたい放題になってる感じですよね。言ったモン勝ちですから。いくら謝罪や弁明をしても、許すか許さないかは報道側と見ている側が決めてしまう時代になっているような気がします。

林　いまなら文春がそれを決める。

壇　スキャンダルのせいで、ただでさえ仕事や家庭を失いかねない状態になっている人を、さらにやり込めるような風潮は、行き過ぎのように思います。

林　『週刊文春』は私も連載を持っててお世話になってはいるけれど、ほんとに良くないと思いますよ。

「とりあえず今日は処女です」

壇　ただ、それが逆に歯止めになってくれることもあるんですよね。私みたいな三六歳・独身のタレントの場合、既婚者からの誘いは「文春砲」でしか守れない（笑）。「いや、ちょっと週刊誌がアレですから」と言われたら、不倫したい男性もかなりひるむと思うんですよ。

林　なるほどー。それは男の人も怖いよね。実際のところ、どうなんですか？　既婚者に誘われて、「甘く見ないでよ」とか思うことはよくあります？

壇　あからさまに誘われることはなくなりましたけど、マネージャーを通さないで近づこうとする人はたまにいます。「僕の知り合いがあなたの大ファンで、一度ぜひ話したいといってるんだ」とか。

林　ああ、下心を隠しながら遠回しにアプローチする奴か。そういう人って最低だよね。出版業界にもいるんじゃない？　「僕たちちょっと気が合いそうじゃん」みたいなノリでしょ。目に見えるようだわ。

壇　最近はなくなりましたけど、デビューしたての頃はありましたね。もらった名刺に携帯電話の番号が手書きしてあったり。すぐマネージャーに見せましたけど（笑）。三〇すぎで新人のグラビア・アイドルなんて、どうにでもできそうに見えるんでしょう。「どうせ水商売出身なんだし」みたいな思惑がチラチラ見えたりもしました。

林　そういうことが続くと、男性不信に陥ったりしない？　それとも、「もっとまともな男性もいるにちがいない」と思える？

壇　淡々と対処して、ネタの貯金をするぐらいの感覚ですかね。

林　これも経験だと考えて、冷静に観察してるわけね。

壇　テレビではそんな話はしませんし、ブログにも書きませんが、本には書いちゃいますね。自分の本をお金を払って読んでくれる人には、そういう情報を提供することにしてるんです。雑誌の連載もありますけど、そちらは読者が私だけにお金を払ってるわけじゃありませんよね。だから、本ほどは書きません。提供する情報のヒミツ度は、ブログ、テレビ、ラジオ、雑誌連載、自分の本という順番で高くするように仕分けしてます。

林　それは正しいやり方だと思う。友達の女性作家にも、テレビで何でもかんでも喋っちゃう人がいるんですよ。「なんでそんなにタダでサービスするのよ。ちゃんと書く仕事のほうで読者にサービスしたほうがいいんじゃないの？」と言うんだけど。壇蜜さんは、本を買ってくれる人だけに本当の情報を教えるんだ。

壇　はい。「昨日、抱かれた」とか書いてますから。

林　わーお。テレビでは、そのあたりははぐらかすのね。

壇　そうですね。「とりあえず今日は処女です」とか言っておきます。

女優は「擬似恋愛」が仕事

林　不倫した男性のほうが有名人だと、相手の女性が週刊誌に売り込んじゃってバレるケースもよくありますよね。

壇　袴田吉彦（はかまだ）さんがそうでした。グラビア・アイドルの子とＡＰＡホテルで情事を重ねてたら、スヌーピーの短パン姿で酔っ払って寝てる写真を撮られてて、それを週刊誌に売られてしまいました。

林　ＡＰＡホテルのポイントカードを使ってたことまでバレちゃって、気の毒だったよね。いまはみんなスマホ持ってるから、うっかり寝てもいられない。

壇　怖いです。みんなそれで撮られちゃってますね。ＳＮＳに出されたりもしますし。

林　女の子にとっては、有名人とつき合うのが嬉しくて晴れがましいことだから、誰かに言わずにいられないんだよね。私だって、福山雅治とつき合ってたら、誰かに言っちゃう。結婚するまで言わなかった吹石一恵(ふきいしかづえ)さんは偉いと思いますよ。

壇　私もアントニオ・バンデラスと不倫してたら誰かに言っちゃうかもしれない（笑）。

林　あと、人から聞いた秘密も黙ってるの難しい。「誰にも言わないでね」と言われたら基本的には喋らないけど、あまりにもビックリするような話だと、つい秘書に「ここだけの話だけどさ」と（笑）。

壇　そうやって「ここだけ」の範囲がどんどん広がるんですよね。

林　娘とテレビ見ながら「この人って実はさ……」と喋ったら、ここだけの話だって言ってるのに、学校で喋っちゃったこともあった（笑）。

壇　娘さんは危険ですよ〜。

林　まあ、娘の世代の子たちはよく知らない有名人だったからピンと来なかったみたいで、おかしなことにはなりませんでしたけどね。

壇　でも家に帰ってお父さんやお母さんに話したらまずいかも。

林　そのお父さんがマスコミの人だったとかね（笑）。だけど、「王様の耳はロバの耳」じゃないけれど、聞いた話は誰かに喋らずにいられないじゃないですか。

壇　ヤバい秘密ほど、聞かされたほうは重荷になりますからね。

林　そもそも、男と女のことに秘密なんてそんなにないと思うんですよ。殺人や覚醒剤みたいな犯罪ならともかく、男女のことなんてバレてもいいじゃん。不倫してたって、どうせいつか別れるんだろうし。

壇　特に世間様に迷惑かけるわけでもありませんしね。配偶者と子供にはかけてますが。

林　そうなのよ。それに、芸能人なんて男も女も魅力的な人ばっかりなんだから、奥さんや旦那さんがいても、ほかの人と恋に落ちてしまうのはしょうがないと思いますよ。お仕事でラブシーンなんかしちゃったら、その前後はそんな気持ちにもなるでしょ。だから世間はもっと芸能人の不倫に寛大になるべきだと思う。

壇　ドラマで恋人役をやったら、少なくとも三ヵ月は擬似恋愛状態ですからね。

林　やっぱり、そうでしょう。簡単には夢から抜けられないよね。疑似恋愛を仕事にしてる人たちを、「不倫はけしからん！」といつまでも叩き続けるのはちょっと違うような気がしちゃう。

年に一、二回は「メンテ」で抱かれる

壇　実際、女優さんのほうが許されやすい傾向はあるんじゃないですか。ベッキーさんは擬似恋愛が必要なお仕事ではなく、毎日のようにお茶の間に顔を出して好感度でごはんを食べるタイプだから、不倫でガッカリした人の気持ちは分からなくもないですね。

林　そうだよね。女優だったら、ドラマの役柄を日常生活にも投影して見ちゃう。なるほど、好感度で生きてる人と物語の中で生きてる人ではずいぶん違うわけだ。たとえば宮沢りえちゃんや大竹しのぶさんが男性遍歴を重ねたとしても、みんな「まあ、そういうこともあるだろう。女優なんだから」と思って、あまりうるさいことは言わないかも。

壇　だけど「続いてのコーナーはこちらです！」という人はダメなんです。

林　壇蜜さんは、何をしても許されるんじゃないの？

壇　いや、どうなんでしょう。最近は、一人でハムカツを食べて生きてる人間というイメージが強いので、逆に許されないかもしれません。

林　ハムカツ？（笑）でも、何を食べてるかはともかく、世間の人は「この人に誘惑されたら男は抗えないだろうな」と思うでしょう。いままで、そういうスキャンダルめいた話が出たことありました？

壇　勘違いされたのは何回かあります。何もないのに、あるように報じられました。

林　それでも別にバッシングなんかされなかったでしょ？

壇　はい、何も言われなかったですね。

林　やっぱり「そういうこともあるだろう」と当たり前のこととして見られるんですよ。たとえ奥さんがいても、壇蜜さんに誘われたら男が断れないのは仕方がない、と。

壇　何かあっても当たり前だと思ってもらえるように、自分でも時々予防線を張ってはいますね。「一年に一、二回はチョイチョイ抱かれてるんですよ」とか言ってみたり。

林　それ、いいですねー。私もちょっと言ってみたい（笑）。

壇　「メンテですよメンテ」とかね。生ビールのサーバーだって、メンテナンスのためにいっぺん循環させるじゃないですか、と（笑）。

林　で、メンテが済んだらタクシーを呼んで帰らせるのね（笑）。

壇　ご近所には、私がそこに住んでるというだけで面倒臭いと感じる人もいるでしょうから、「お泊まり」とかで騒ぎを起こしたくないというのもあります。だから、終わったらお車代を渡して帰っていただく。

林　彼女の部屋に自分の車で行って、違法駐車で捕まっちゃった人がいましたよね。あのとき本人は「タクシーの運転手さんがマスコミに漏らすから、自分の車で行くしかなかった」と言ってました。そのリスクを考えると、できれば自分の車で来てほしいですよね。運転があるとお酒が飲めないのがちょっと困るけど。

壇　そうですね。コインパーキングなら、朝までいると高くつくから、早く帰る気にもなるでしょうし（笑）。

その日の良きこと、その日のうちに

林　女優といえば、清水富美加（ふみか）さんの不倫騒動もあったよね。あちらはそれが発覚する前に宗教団体に出家して芸能界を引退してたから、不倫でいつまでも叩かれることはなかったけど。ベッキーちゃんとは少しポジションが違うから、出家してなくても、そんなに叩かれなかったかもしれませんね。

壇　ベッキーさんが降板した番組に後任のように入ったのに、同じようにバンドマンとの不倫でしたよね。

林　そうそう。ああいうアーティストって、だいたいステージの打ち上げの場で口説くんだって。これは抗えないらしいですよ。もともとファンとしてライブに行ってるわけだから、ステージ上では神様みたいな存在でしょ？　そんな相手に打ち上げで誘われたら、もう、ゼウスに口説かれてるようなもの。しかも若いミュージシャンって、奥さんがいるのかどうかもよく分からないし。

壇　それは分かる気がします。私、あるコメディアン兼放送作家の方のファンで、ずっと前から見てきたんですよ。その方にたまたま放送局でお目にかかった時ご挨拶したら、「こんど僕の舞台を見に来てくださいよ」と言われて。後日、チケットが届いたのでマネージャーと一緒に行ったんですね。終演後に差し入れを持って楽屋のほうに行ったら、スタッフが「ちょっとお待ちください」と優先的に通してくれて、さっきまでステージにいた神が「いやぁ、今日は本当にありがとうございました」と現れたんです。あそこでもし「このあと打ち上げにいかがですか」と誘われたら、行ったでしょうね。何もなかったので「クッソー」と思いながら帰りましたけど。

林　それは、「これで終わりかよー」という意味のクッソーですか？

壇　ええ。舞台と客席で分かれている時は幕が下りれば終わりなので、名残惜しさは感じないんです。でも舞台から降りた神と同じ目線で会ってしまうと、ものすごい名残惜しさが湧いてくるんですね。

林　分かる分かる。だから、打ち上げに参加したら相当ハッピーな気分になるよね。それで夜中の一時とか二時とかまでワイワイ飲んで、携帯の番号なんか交換して、帰り際に「まだ一緒にいたいから、この部屋に来てよ」と言われたら、そりゃあ行くよね。

壇　行っちゃいますね。「その日の良きこと、その日のうちに」みたいな。
林　名言ですね。
壇　トイレマジックリンのパクリですけど（笑）。今年の汚れ、今年のうちに。
林　でも、その良きことを済ませたあとで「実は結婚してて」と言われたら、ほとんど詐欺みたいなものだよね。
壇　確かに。あらかじめ確認しておかないといけませんね。私も、ウィキペディアでその方に妻子がいることをチェックしてから舞台を見に行きましたから。「あかん、あかん」と心臓を五回ぐらい叩いて（笑）。
林　そこまで身構えてないと、ベッキーちゃんや富美加さんの二の舞になっちゃうのね。まあ、富美加さんのほうは自分の本で暴露したわけだから、相手のバンドマンも迷惑だったろうけど。しかもずいぶん昔の話だったし。
壇　「何をいまさら」という感じだったでしょうね。

林　既婚男性の不倫を女性の側が暴露するのは私は気に入らないんだけど、いまはそのリスクが昔よりはるかに高まってるよね。さっきも話したけど、スマホの写真とかＳＮＳとかがあるから、男の人は弁解の余地がない。

壇　「記憶にございません」は通用しませんよね。

林　不倫相手とハワイで挙式した写真を出されちゃった国会議員もいた。あれは、女性は愛人の片隅にも置けないと思いましたけどね。「どうせ奥さんになれないなら、せめてウエディングドレスを着たい」とか言ったらしいけど、そういうことは言っちゃいけない。

壇　奥さんはガンで闘病中だったんですよね。その奥さんがテレビカメラの前で謝っていたのはビックリしました。夫の不倫をなぜ妻が謝るのか。

林　中村芝翫（しかん）（八代目）さんの不倫騒ぎの時も、奥さんの三田寛子さんが「世間をお騒がせしまして」と謝ってた。世間なんて単に面白がってるだけなのにね。

壇　奥さんが絶対に浮気を許さなきゃいけないんですかね。だからって、世間様に謝らなくてもいいでしょうけど。

林　奥さんが謝るのは本当に不思議。夫婦に連帯責任なんかないですよ。「いちばん傷ついたのは私ですから、そっとしておいてください」とか言う奥さんはいないんだろうか。
壇　乙武洋匡（おとたけひろただ）さんの奥さんも謝罪文を公開していました。結局、離婚しましたが。
林　昔、ショーケン（萩原健一）がクスリで捕まった時は、奥さんのいしだあゆみさんが「私は妻だから許します。みなさんは許さないでやってください」と泣きながら言ってたのはカッコよかったけど。
壇　私も、未来の旦那が不祥事を起こした時のコメントを練習しておこうかな。
林　奥さんと別れて、不倫相手と結婚しちゃう男の人もたまにいるけど、かなり高い確率でまたその相手とも別れますよね。一度でも奥さんを捨ててほかの女に走る男って、同じことを二回でも三回でも平気でやるのよ。最初はハードルが高くても、一度やると「こんなもんか」と思って、それが成功体験になっちゃうんだろうな。
壇　それで、バツ三やバツ四の人が出てくるわけですね。
林　私が『白蓮（びゃくれん）れんれん』（中央公論新社刊）で書いた柳原白蓮は、三回目の結婚でうまくいったんだけどね。そうやって成功すれば、不倫といえども「ゲス」ではないと言えるのかもしれない。真っ当な不倫、というのかどうかよく分からないけど。

壇　昔の「二号さん」なんかは、そこそこ真っ当な不倫だったんじゃないですか？　子供も産んで、「お父さんは週に一度しか来ないけど、あなたの大切なお父さんなんだからね」と言い聞かせて育てるみたいな。そういう子供って、意外とまっすぐ成長したりするような気もしますが。

林　それは人によるんでしょうね。田中角栄さんと愛人の佐藤昭さんのあいだに生まれた娘が書いた『昭　田中角栄と生きた女』（講談社刊）という手記があるんですよ。それを読んだら、実力で慶應中等部に入学して、ちゃんとした道を歩んでいくかと思いきや、高校に入った頃から少し病んだ感じになっていくのよね。

壇　いろんな屈折があるのですか……。

宇野総理大臣の「指三本」騒動

林　角栄さんは、それ以外に、神楽坂の芸者さんとのあいだにも息子がいるんだよね。まあ、あの時代の愛人はいまの不倫とはかなり意味合いが違うんでしょうけど、特にバッシングされたわけでもなく、総理大臣にまでなれた。

壇　特に芸妓さんやホステスさんが相手だと、しょうがない場合もあったんでしょうね。

林　そうそう。それがそうでもなくなったのは、総理大臣だった宇野宗佑さんが例の「指三本」の件で失脚した時。別れる時に手切れ金がもらえなかったものだから、愛人の芸者さんが週刊誌にいろいろ暴露したのよ。あの時私、「お金はもらうわ、何でも喋るわで、最低の女だ」と書いたんです。そしたら「女性蔑視だ」とあちこちから批判されたんだけど、別に職業差別をするわけではなく、芸者さんやホステスさんは女性としての魅力を見せる仕事でしょう。自分から「どうですか？　私きれいでしょ？」と売り込んでるわけですよ。

壇　おっしゃるとおりです。

林　だから「愛人にならないか」と声がかかるのも、ある意味では当たり前で、嫌なら断ればいいだけの話。ショウ・ウインドウに並んだきれいなハンドバッグが欲しい人に「これ、私でも買えるでしょうか」と聞かれるのと同じようなことだと思いますよ。

壇　そういう仕事でもありますからね。「レンタルでもいいから」と言われたら、「そうですか」と受け入れて条件を提示する。

林　ところが宇野さんの愛人だった人は、「侮辱された。こんな男は許せない」という感じで週刊誌に売ったわけですよ。別れるまでは月々ちゃんとお金もらってたのに。

壇　指三本って、たしか月三〇万円ということでしたよね。きっと、安いのが不満だったんだろうな（笑）。

林　まあ、宇野さんも「ケチ」のレッテルを貼られてましたけどね。

壇　銀座のホステス時代、お客さんに体の関係を迫られたら「私は風俗嬢じゃありません」と言って断る人もいましたけどね。ホステスとお客さんとの自由恋愛はただの営業活動だと思うので、そういう言い方はどうなんだろうと思ったことはあります。

林　「二号さん」的な愛人関係とか、既婚男性との不倫とか、昔はみんなもっと大らかに見ていたと思うのよ。でも、その宇野さんの一件から変わったのかどうか分からないけど、いまはすっかり不寛容になってしまった。とにかく結婚相手以外との男女関係はダメで、いくら叩いてもかまわないことになってますよね。『昼顔』みたいな不倫ドラマをウットリして見てるおばちゃんたちが「ベッキー許すまじ」になってるわけでしょ？　そのへんがよく分からない。

壇　河豚は食いたし命は惜しし、というやつですかね。

林　自分では食べられない河豚を食べてる人に嫉妬してるのか。

若い男の子が女性の不倫を許さない理由

壇　でも、不倫バッシングをしてるのは女の人だけじゃないですよね。意外と若い男の子も許さない。

林　そうなの？　どうして若い男の子が他人の不倫に怒るのかしら。

壇　女性に対して潔癖なのかも……。自分のママが不倫してるなんて想像したら、ショックなんでしょう。母親は一緒に生きてきた同志みたいな存在なので、母をイメージさせるような既婚女性の不倫は受け入れられない。

林　そうか。旦那を奪われたくない既婚女性が、ベッキーちゃんを許さないのと似たような心理なのかもね。昔みたいに、下宿屋のおばさんが手ほどきしてくれたりすれば、女性に対する変に潔癖な幻想が消え去って、もっと寛容になれるのかも（笑）。

壇　昔は近所のおばさんが、筆下ろしから見合いの斡旋までしてくれた。おばさんというか、年齢不詳の「隣のお姉さん」みたいな人がいたんですよね。

林　たとえばフランスなんか、カトリックだから結婚前はうるさく言われるらしいけど、人妻が若い男の子に恋の手ほどきをしてあげるような文化があるっていうじゃないですか。そういうのが日本にもあればいいのにね。私がフランス人でもうちょっと若かったら、して差し上げましたけど（笑）。まあ、私はもはや若い子にあんまり興味ないんだけど。もっと色っぽい四〇歳前後の女の人たちがやればいいのよ。

壇　吉田羊さんみたいな人がいいですかね？

林　ちょっと、きれい過ぎるかな。

壇　でも、仮にそういう女性が身近にいたとしても、いまの若い男の子たちは手ほどきを受けることと自体を嫌がるかもしれませんね。それぐらい潔癖。

林　おじさんたちは積極的なのにね。私の知り合いの中園ミホさん（脚本家）なんて、五人ぐらいで食事しても、翌日の朝には必ず誰か男の人から「声が聞きたくて」と電話がかかってくるらしいよ。

壇　若い子には、もうそういうことができないんですよ。だから他人の不倫を過度に叩いちゃうんでしょうね。

林　若い女の子は不倫を叩かないのかしら。

壇　叩く子もいるでしょうけど、どっちかというと男性よりも寛容かもしれない。若い女の子は、自分自身が既婚男性のセカンドになってる場合もありますし。だからやっぱり、不倫した人を過度に注目するのは、これまで旦那の浮気に悩まされてきた主婦層と、未来の結婚相手が不倫をしたら嫌だと思う若い男性。だからこそ、林先生がおっしゃるような、この両者が出会う場面があればいいと思います。

女性を守るより女性に守られたい男の子たち

林　それにしても、どうして若い男の子たちはそんなに潔癖なんだろう。よく言われる「草食化」とも関係があるのかな。女の子とつき合うのが「面倒臭い」と言いますよね。時間や場所を約束するのも、お店を探して予約するのも、着替えてそこに行くのも、みんな面倒臭い。恋愛って、そういう面倒臭いことを乗り越えさせるものだと思うんだけど。

壇　いまの男の子は、自分が守ってあげる女の子ではなく、自分を守ってくれる女の子を求めているように感じます。「君はそのままでいいんだよ」とすべて許して受け入れてくれる女性が好きな子が多いんじゃないかな。

林　守るより、守られたいのか。そんな女の人、あんまりいないでしょうに。

壇　ゲームやアニメの世界には、あらゆるタイプの女の子がいますからね。そこでは、いくらでも理想の女性と出会えるんです。もちろん、面倒見のいい姉御肌の子ともつき合える。でも現実の女性はそこまで自分を受け入れてくれないし、機嫌を損ねて怒ることもあるから、「面倒臭い」になっちゃうんだと思います。ゲームなら、自分で女の子を操作できますから。

林　壇蜜さんもそういうのやるの？

壇　大好きです。いま好きなゲームは操作を間違えると女の子が死んじゃうので、怖くてできない。マンガ化されたのを読むだけです。『艦隊これくしょん』、略して『艦これ』って言うんですけど。女の子に擬人化された旧日本軍の艦艇を自分が司令官になって動かすんですよ。

林　女の子は旧日本軍の恰好（かっこう）をしてるの？

壇　ファッションはいろいろです。セーラー服の子もいれば、ブレザー姿の子もいます。

林　そんなのがあるのかー。何でも短絡的にゲームのせいにするつもりはないんだけど、そうやって思いのままに女の子を動かせるのはちょっと気持ちが悪いな。たとえば東大の学生が女の子をレイプする時にカップラーメンのスープを頭からかけたという話があったじゃない？　ああいうのって、女性を生身の人間として扱ってない感じがするのよね。昔も乱暴な若い男はいたけど、ちょっと質が違うというか。

壇　マンガやゲームでやれる残虐なことを、実際にやってみたくなる人もいるだろうと思います。でも現実の女性が相手だとなかなか思いどおりにならず、期待を打ち砕かれてしまうのではないでしょうか。ほんと、いろんな意味で極限状態に追い込まれるようなマンガがよくつくられている気がします。たとえば、人口爆発で食糧危機に陥った人類が、拉致した人間を太らせて食べてしまうとか。

林　ひえー。私なんか、すぐ捕まって食べられそう（笑）。

壇　あとは、極悪人を捕まえてその臓器を売り払う話とか。

林　そんなのを朝から晩まで見てたら、ちょっとおかしくなっちゃう人もいるよね。

壇　私がいま大学生だったら、危ないと思います。もう三〇代も後半になりましたから、仮想空間は仮想空間としてワンクッション置いて楽しめますが、青春時代に読んでいたら発想や考え方が変わっていたかもしれません。

ネットで満ち足りて現実は「二周目」

林　ゲームにしてもネットにしても、その悪影響は偏見も含めていろんなところで言われてるから、おばさんとしてはあんまり言わないことにしてますけどね。いやはや。

壇　素晴らしい技術だけど、使い方を間違い始めてるかもしれないとは感じますね。みんながこのままどんどんネットに染まっていくと、どんなことが起きるのか。まだ過渡期だとは思いますけど、それこそ若い男の子が女性に対して潔癖になったり、恋愛やセックスに対して淡泊になるのも、ネットの影響が大きいと思いますし。

林　どうしてネットやってるとそうなるの？

壇　バーチャルなネット空間でいろんなことが満たされちゃってるからです。ネットが第一で、現実の生活は二周目みたいな感覚。ネットの中には何でも知ってる「先生」がいますから、女性や恋愛に関するモヤモヤもそこで解消されちゃうんですよ。共感してくれる人たちと何だかんだと話をして、自分のモヤモヤを突き詰めていくうちに満ち足りた気持ちになってしまって、「もう俺は一人でいいや」となっちゃいがちに。

林　少し古いところだと、『電車男』（新潮社刊）というのが小説やドラマになったじゃない？　恋愛経験のない男の子が、電車で出会った女の子とのデートの方法なんかをネットでみんなに相談して教えてもらう話。あの時は現実に行動を起こしたわけだけど、いまは自分が悩む前にみんなが答えをくれちゃう感じなのかな。

壇　たぶん、いま『電車男』の彼がネットで相談したら、「おまえ、それ、騙されて壺でも買わされるんじゃないの？」とか、「セクハラで訴えられるかも」とか、ネガティブな方向にも話が広がっていくんじゃないでしょうか。『電車男』の時はみんなイケイケで後押ししたけど、いまはあらゆる選択肢が提示される。それで、「こうかもしれない」「ああかもしれない」と考えていくうちに、怖くなって告白もデートもやめてしまうような気がします。どちらかというと「やめておけ」とストップをかける人の声のほうが強くなりそうですしね。

林　会ったこともない人に「やめておけ」と言われて、「うるさい」と思わないのかな。

壇　意外と素直に聞くかもしれません。ちょっと前には、こんなやり取りも見ました。電車で座席に座っていた男性が、隣のスペースが空いているのに、女の子が避けて座らなかったんですよ。それで彼が「俺は何か間違っていたのか？」と問題提起をしたんですね。するとと大喜利のように、いろんな説が展開されるんです。「おまえがその子の元カレに似てたのかもしれない」とか。

林　それは良い答えですね。

壇　序盤はそんな感じだったんですけど、やがて「その女の子はおまえにしか見えてないんじゃないのか」みたいな話にもなって、最終的に問題は何も片づかないんですけど、その話題で妙な一体感は生まれるんですね。たぶん、それが楽しいんでしょう。『電車男』はみんなで一丸となって本気で問題解決を図っていましたが、いまは提示された問題をネタとしてみんなで消費しているような感じです。

林　そうやってあらゆる選択肢を消費した段階で、満ち足りてしまうわけね。

壇　そんなのを朝から晩まで見ていたら、やっぱり少しおかしな感覚になってしまうと思いますよ。

林　そういう若い男の子たちは、将来結婚しても不倫なんかしないのかもしれないね。不倫ほど面倒臭いこともないから、デートの約束すら面倒臭いんじゃ、不倫なんて無理。不倫する男の人って、後ろめたさがあるせいなのか、すごく言葉を尽くすじゃないですか。

壇　はい。言葉だけではなく、時間も愛も相手に与えようとしますよね。

林　必ず口にするのは、「すまない、先に妻と出会ってしまった」「妻とは別れられても子供とは別れられない」って台詞。

壇　ありますね。「もっと早く出会っていれば」的なやつ。

林　「君は一人で生きていけるけど女房は一人では生きられない」とか。

壇　あと「妻はもう母親みたいな存在だから抱けない」というのも（笑）。

林　そう言いながら、また子供つくっちゃったりするんだけどね。でも、そうやって言葉を尽くす男には敵わないかもしれない。若い男の子は。

壇　女のほうも、そうやって尽くされると、時間が止まってしまうんですよ。

林　それが楽しいということ？

壇　楽しいというより、不安が消えるんでしょうか。日頃一人で過ごしていることの寂しさとか、自分は将来どうなるんだろうとか、そういうことを考えなくていい。その相手と会っている時だけは。

林　でも「この不倫状態のまま歳を取ったらどうしよう」と不安になるんじゃない？

壇　それも、ふと考えますよね。「きっとあの人は奥さんと別れてくれないんだろうな」と。でもまた尽くしてくれる相手と会うと、時間が止まってしまうんでしょうか。

第五章　女はどう育つのか

男の子からの評価を知らずに育った

林　ある美人女優が「女性恐怖症」のように思える、という話を知り合いから聞いたことがあるんです。子供の頃からあまりにきれいすぎて、同性の子にいじめられた経験があると、大人になってからも女性との関係がギクシャクしてしまうらしいのね。壇蜜さんはどうですか？　女性恐怖症だとは全然思わないけど、女の子にいじめられた？

壇　小学校から大学まで女ばかりの環境でしたから、学校ではいろいろありました。ただし私の場合、きれいだからではなく、見た目がおかしいという理由で小学校時代にいじめられましたね。

林　見た目がおかしい？　いまの美しさからは、ちょっと想像がつかないけど。

壇　髪型が、『キン肉マン』（集英社刊）のウォーズマンみたいだったんです。

林　ウォーズマン？　どんなのだっけ。

壇　おかっぱみたいな形の黒いヘルメットかぶってるやつです。どういうコンセプトでそんな髪型だったのか、いまとなっては自分でも分からないんですけど（笑）。その頃私、祖母の手作りの手提げ袋にお弁当を山ほど持って学校に通ってたんですよ。それもあって、「大食らいのウォーズマンが来た」みたいな感じで避けられてましたね。当時はまだ「女の子」という形から少しでもはみ出ると変人扱いされる時代でしたから。

林　髪型もお弁当も、普通の女の子らしくなかったんだ。それでもきれいはきれいだったんだろうから、近隣の男の子たちには騒がれたんじゃない？

壇　まわりにあまりいなかったので、しばらくは男の子からの評価というものを知らずに生きてましたね。

林　男の子からの評価が高いと分かったのは何歳ぐらいの時？

壇　むしろ評価が低いと気づいたのが、一七歳の時ですね（笑）。アルバイト先で、同期の可愛い女の子だけ男性従業員の扱いが違ったんです。

林　えー。壇蜜さんよりほかの子のほうが高いなんてことある？

壇　そのころの私は前歯が出てたので、いまとはかなり印象が違うと思いますよ。二八歳のときに矯正しました。

林　私も歯の矯正をしたことあるけど、結構顔が変わりますよね。

壇　変わります。人生そのものもかなり変わりましたね、前歯を引っ込めたら。
林　とりわけ芸能人は歯が命というもんね（笑）。
壇　みなさん、大事にされてますね。私はまだ下の歯が残ってます。

男性教師との危険な交換日記

林　とはいえ、壇蜜さんも男女共学の学校だったら、もっと女の子にいじめられたんじゃないかな。男の子に騒がれて、女の子に嫉妬されるパターン。誰かが男の人に騒がれてるのを見ると、女の子は何か理由をつけないと納得できないんですよ。「あの子は男の子に媚(こ)びを売ってるからチヤホヤされるんだ」とかね。
壇　芸能界でもありますからね。「あいつが主役に抜擢(ばってき)されたのはおかしい。何か表には出ない理由があるはずだ」という（笑）。
林　それぞれ。勝手に理由をつけて仲間はずれにしたり、いじめたりするのは、私の少女時代からよくありましたよ。
壇　そういえば私も、同世代の男の子と接する機会は著しく少なかったんですけど、学校の先生から特別扱いされて気まずい感じを味わったことはあります。

林　高校生ぐらいの時？

壇　小学生の時から、すでにありました。二、三人の先生からそういう扱いを受けて、なんというか、小さなパラダイスみたいな感じでしたね。

林　いろいろ褒められたりするわけ？

壇　そうですね。「君はお掃除とか身の回りのことがちゃんとできる子だね」という評価をみんなの前であからさまに受けたりとか。あと、先生が部活の先輩に向かって、「この子はまだよく分かってないから、ちゃんと君たちが指導するように」と私の肩をもって言ったり。これはもう、周囲から集中砲火を浴びますよね（笑）。中学生の時には「愛人」というあだ名もつけられました。先生と交換日記もしてましたし。

林　ちょっと〜。それは危険な香りが（笑）。まさか先生に変なことされてないよね？

壇　それは大丈夫です。交換日記にお互いの気持ちを綴った程度のことなので。

林　お互いの気持ちって……。

壇　「先生みたいに、担任じゃなくなっても私と話してくれるのは本当に嬉しい」とか、

「卒業しても先生のことは忘れない」とか。

林　昔、『日経新聞』の「私の履歴書」に山本富士子さんが出てた時、女学校の国語の先生から短歌を贈られたエピソードがあったのよ。それも「きみ行かば　穴師(あなし)の野辺に　ただ一人　寂しからまじ　学舎(まなびや)の月」という恋の歌。それを読んで、「美女ってすごいな。先生からこんなことされるのか」とビックリしちゃったんだけど、その交換日記もヤバくない？

壇　だから、よくからかわれてました。そんなに濃厚なことは書いてませんけど、当時はやっぱり好きだったんでしょうね。ガチガチの体で、タイヤの細いおしゃれな自転車に乗って学校にきてた姿をいまでもよく覚えてますけど。

不倫で誰かが傷つくぐらいなら三人で

林　私はずっと共学校だったから、考えるのは「女子と良い関係をつくりながら、男子にも好かれたい」ということばかりだったのね。でも女子校は、先生以外の男性の目を意識しないで日々を送るわけですよね。「だからこそ本当の友情が育つ」という話も聞いたことがあるんだけど、そういうものなんですか?
壇　いろんなタイプの友情が生まれますね。もちろん、卒業して就職すれば終わるような関係もありますけど、いつまでも離れないで、相手に恋人ができてもずっと気にしているような人たちもいます。
林　男の人の目を気にしない中で、自分が女子であることをどう考えているんだろう。
壇　だんだん役割が分かれてくるんです。王子様っぽい女子に好かれるために、より女の子らしくなったり、逆にすごくフェミニンな女子に好かれたくてちょっとボーイッシュになってみたり。メスだらけの環境の中で、オスとメスに分化する感じですかね。
林　なるほど。壇蜜さんはどんな子に好かれたの?
壇　先輩よりは、後輩たちが寄ってくる感じでした。
林　フェミニンなお姉様として慕われた?
壇　フェミニン系というのもありましたが、「ミステリアス系」だったのはたしかですね。クラブ活動をほとんどしていなかったので、学校にはいるけど、どこに所属しているのか分からない謎めいたポジション。

林　クラブ活動がなくても、後輩と仲良くなるんだ。

壇　学年を縦割りにした活動がいくつかありましたから。そこで「先輩先輩！」と寄ってくるので、日常的にもテストの過去問を教えてあげたり、遊びに連れて行ってあげたりするようになりましたね。熱のこもった手紙をもらったこともあります。

林　やっぱり、共学校とはずいぶん違うよね。男子校や女子校はこれからもあったほうがいいと思いますか？

壇　あったほうが、秘め事に対して寛容な世の中になるような気がします。

林　秘め事？

壇　だって、女だらけ、男だらけって普通じゃないですから。もし「男子の目があるからおかしなことはできない」と真面目な日々を送っていたら、私もこんな変態にはならなかったでしょうね。たとえば「不倫で誰かが傷つくぐらいなら三人でしましょう」みたいな考え方は持たなかったと思いますよ。

林　傷つくぐらいなら三人で！　その発想は私にはなかった（笑）。

壇　もし自分の旦那が浮気相手と一緒にいるところに出くわしたら、「なんで呼んでくれなかったの？」と言っちゃうと思います。

林　いやー、どうなんだろう。男二人と女一人ならできるかもしれないけど、女二人と男一人は難しくない？

壇　男男女と女女男と、そんなに違いますか？

林　男は嫉妬心よりも快楽を優先できるかもしれないけど、やっぱり女は嫉妬心が強いから、ほかの女と一緒にはできないんじゃないかな。そこまで割り切れないような気がする。「私は浮気されても平気」とか心の広さをアピールする女の人に限って、いざそうなると大変なことになるものだし。

壇　だから、やっぱり私は変態なんです（笑）。もちろん、女子校育ちの人がみんな私みたいになるわけではないんですけど。

林　変態だとは思いませんよ。でも、そのへんは男子校も独特のものがあるみたい。ある全寮制の男子校の話を聞いたことがあるんだけど、とにかく女の人がいないから、掃除や給食のおばちゃんのことを本気で好きになって、ラブレター書いたりするんだって。

壇　ある種の精神的な極限状態ですからね。それを経て育つ人間は、ある程度いたほうがいいような気がします。「犯罪を犯さない変態」は、この世に何人か必要だと思うので。「俺は変なのかな?」「私っておかしいの?」と思っても、「まあいいや」と受け流せる余裕があったほうがいいんですよ。「俺は絶対にまともだ」と思い込んでいる人より、そういう人たちのほうが強いと思いますし。

みんな「自分は変かも」と思って生きている

林　性的なことに関しては、ほとんどの人が「自分はちょっと変なのかも」と思ってるでしょう。私は、小さい子供を対象にすること以外なら何をしてもいいと思ってる。3Pだろうと SMだろうと、お互いが同意の上なら何でもあり。

壇　ですよね。成人同士が同意してやるならOK。

林　私、ずいぶん前に六本木の「アルファイン」というSMホテルの近くに住んでたことがあるんだけど、駐車場を覗(のぞ)くと、いつもBMWとかベンツとか高級車が並んでたのね。だから、立派な大人たちでも普通にそういうことするんだな、と思ってた。

壇　すごいところに住んでたんですね(笑)。あそこは、お部屋ごとにいろいろな楽しみ方ができると聞いています。

林　このあいだも、女友達から昔の彼氏の話を聞かされたのよ。相手が「一日でも早く一緒に暮らしたい」というので、結婚を前提に同棲を始めたんだけど、すごいＳＭの人だったんだって。さすがにＳＭは痛くて嫌だから別れたんだけど、両方の親に「どうして別れたんだ」と聞かれても本当のことが言えなくて困ったそうです。

壇　もっと早く発覚すればよかったんでしょうけどねぇ。

林　とにかく、普通の奥さんがそんな話を普通にランチしながらするぐらいだから、ＳＭみたいなものは日常にいくらでもあるんだろうと思うわけ。みんな、他人がベッドで何をしているかは見たことがないから、そもそも「正常」とは何かが分からないまま、「自分は変かも」と思って生きているんですよ。たとえば女子高生がパンツ見えちゃう恰好で駅の階段を昇ってたら、ちらっと見ちゃうぐらい仕方ないじゃない？

壇　スマホのカメラや手鏡を出すとマズいですけどね。

林　ああいうのだって、つい見ちゃった男の人は「俺は変態か」と自問自答すると思うのよ。その程度のことは、誰にでもあるよね。ちょっと前に、道路の側溝に寝そべって盗撮してた男性が捕まったけど、共感した人も少なくなかったんじゃないかな。

壇　ネットでは「側溝マン」と名付けられていましたね。「生まれ変わったら道になりたい」という名言も残しました。あの人は手記を書くべきだと思います。

林　私も、共感まではしないけど、嫌な感じは受けなかったんですよ。そこまでやる人がいるんだと感心しました。

壇　犯罪さえしなければ、そういう人間の多様性みたいなものが世の中にはあったほうがいいと思うんです。その意味で、異性のいない環境で妄想を膨らませる女子校や男子校の存在は面白い。なんというか、ああいう「理不尽な箱庭」みたいな場所から、意外に豊かなものが育まれるような気がするんですよね。

林　理不尽な箱庭、か。いい言葉だなー。でも、中学や高校はともかく、女子大はどんどん消えていこうとしてますよね。どうして女子大は世の中であまり尊重されなくなったのかしら。

壇　高校まではわりと閉じた環境ですけど、大学になると「箱庭感」がなくなりますよね。インカレサークルに入る子も多いし、バイトなんかもするから、外の社会とつながっているわけです。だから、「女子」だけでくることの意味が薄まってしまうんでしょう。

林　そうか。「理不尽な箱庭」をつくれるのは高校までですね。

壇　ドリーム&ファンタジーの世界に浸れるのは、ギリギリ高校までなんでしょうね。まあ、大学を出たあとは、会社とか家庭とか、違う意味の「理不尽な箱庭」が多くの女性たちを待ち受けているのでしょうけど。

自分にできなかったことを娘にやらせたい母親

林　壇蜜さんは小学校から私立の付属だったわけですけど、当時はまだ珍しかったんじゃないですか？　小学校受験は。

壇　近所でもそんなにいませんでしたね。うちはそれが母の念願だったんです。受験勉強も母が教えてくれました。

林　お受験世代の走りぐらいかもね。

壇　そうですね。私の二つか三つ下ぐらいの子が小学校に上がる頃に、テレビでもお受験ドラマが流行(はや)るようになりました。

林　もともと「お受験」は小学校受験のことでしたからね。いまは中学受験が主流で、東京あたりではそれが当たり前になってるけど。

壇　中学受験は本人も少し大人になっていて、自分で試練を乗り越えたという感覚が得られるので、良い成功体験になるんじゃないでしょうか。小学校受験は、努力した記憶が本人に残らないいんですよ。思春期に入りかけた時期に自己実現の努力をするのはいいと思います。

林　壇蜜さんはお母様の意向でお受験したわけですよね。小学校受験の時は言われたとおり疑問を持たずにやるでしょうけど、それ以降、母娘関係の中で何かこじれたりしたことはなかったんですか？　いまは母親のことを受け入れられない女性がすごく多いみたいなんだけど。

壇　思春期には人並みにいろいろありましたけど、いまはなくなりました。母と子は切り離せない因果なものなんだから、それと一緒に生きていこうと考えるしかない。母の良いところも良くないところも自分に備わっていると思うと、切り離せないですよね。しょうがない、と思っちゃいます。

林　じゃあ、反抗期みたいなものもなかった？

壇　ほぼゼロでしたね。親子喧嘩（げんか）はしましたが、反抗というほど歯向かったことはないかな。母は自分よりも圧倒的に仕事ができて、人間性もすぐれているということを思い知らされてきたので、反抗なんかできません。いまでも一族のパワーバランスのなかでは母がいちばん強いんです。

林　きっと、とても円満な普通のご家庭なんでしょうね。

壇　基本的には円満だと思います。ただ、母からはたまに突拍子もないトンデモ言動が飛び出すので、対処に困ることはありました。最近も急に私に向かって「もっとジャニーズと共演すればいいのに」と言い出して（笑）。「どうして？」と聞いたら、「だってお母さん、ジャニーズ好きだから」って。

林　それはまあ、自然な感情じゃないかな（笑）。

壇　それは単なる願望だからいいんですけど、私の仕事にもいろいろ提案するんですよ。「もっとイベントをやって、あなたがプロデュースしたグッズとか売ればいいのよ」とか。マネージャーに電話かけてきて「うちの子をよろしく」みたいなこともありますし。

林　いいお母様じゃありませんか。まだお若いんでしょう？

壇　六一です。

林　えー！　私よりひとつ下じゃないの。いくつの時のお子さん？

壇　二六ぐらいで私を産みました。若い時の娘だから、たぶん自分の人生を投影してるんでしょうね。自分にできなかったことをやらせたい。小学校受験もそうだろうと思います。あとは、自分が英語がダメだったので、娘には通訳とか外資系企業とかでバリバリ働くような将来を期待してたようです。いつも「世界を股にかけて」と言ってました。結局、何も股にかからなかったんですけど（笑）。

林　でも私と同世代なら、二六歳の出産は普通だよね。むしろ、ちょっと遅めぐらいかもしれない。私は極端に遅かったけど。

壇　母も自分では「遅かった」と言ってました。

林　そうでしょ。そういうお母様なら、分かりますよ。ジャニーズと共演してほしい気持ちは。いっそ家に連れて来てほしいぐらいに思ってるかも。

壇　「いつか松潤（松本潤）の家で家政婦として働くのが夢」だそうです。

林　松潤ファンなんだ。

壇　だから私いま、部屋着はいつも嵐のパーカーです（笑）。母に連れられてコンサートに行ったこともありますよ。残念ながら、私は全然アイドルを追いかけませんが。

林　壇蜜さんは辺真一さんだもんね。

壇　辺さんのコンサートないですかね。乾いたコンサートやってほしい（笑）。

自分の中に臓器がもうワンセットできることの不思議

林　そういうお母様に育てられた壇蜜さんが、母親になることはあるのかしら。いまの壇蜜さんを見てると、我が子を抱っこしたり幼稚園に連れていったりする光景はまったく想像できないけど。

壇　なんというか、カオスなイメージしかないですよね（笑）。

林　一瞬だけ留学するような気持ちでそっちの世界に行って、バタバタと結婚して出産するなんてことはあり得ない？　それをやって、「やっぱり向いてなかった」というパターンも女性芸能人にはよくありますけど。

壇　留学から戻って、できちゃったものはどうすれば（笑）。

林　お母さんが見てくれるんじゃない？　プロの保育士さんなんだし。

壇　そうだ。それを忘れてました。実はマネージャーも「生まれたら育てる」と言ってくれてるんですよね。

林　見てみたい気はする。壇蜜さんの娘。

壇　最初から性別が決まってますね（笑）。

林　せっかく美人のお母さんから生まれるんだから、女の子のほうがいいじゃないの。

壇　その前にお父さんになる人を見つけないと。

林　友達の作家でもいますよ。結婚してないし、相手の男性の名前も言わないけど、子供だけ産んで立派に育ってるケース。

壇　そうか。一年あればできますもんね。

林　壇蜜さんにはそれが合ってるような気がする。主婦にはなってほしくないけど、この女性が妊娠や出産を体験した時、それをどんなふうに語ってくれるのか興味があるな。お母さんがついてるし、経済力もあるんだから大丈夫ですよ。

壇　いままで考えたこともありませんでした。

林　やれるやれる。ある日突然、テレビにマタニティドレス姿で現れて、「なんか大きくなってきたんですけど、どうしてですかね」って言ったらカッコイイじゃない。スタジオでいきなり産気づくとかさ。

壇　『サンジャポ』の最中に（笑）。

林　それ、いいじゃないですか。案ずるより産むが易し、ですよ。実際に経験しないと分からないことって、いろいろあるし。たとえば知り合いの女性編集者は「自分の中に心臓が二個あるのかと思ったら面白かった」と言ってた。

壇　なるほど。臓器がもうワンセット、もれなくあるんですね。私、芸能界に入る前は、銀座で働きながら、大学病院で研究助手の仕事をしていました。ご遺体の組織を保存する仕事。だから人間の体の中がどうなっているのかもよく知っているんですけど、あれが自分の中にできるのは不思議な感覚でしょうね。

林　そうそう。臓器を自分の中でつくり出していくんですから。ちっちゃいのがどんどん育っていくのは、面白いですよ。壇蜜さんでなければ出てこない言葉がたくさん出てくると思う。それを聞きたい。そうなったら、世間の女の子たちの出産に対する意識なんかも変わると思うよ。「なんか面白そう」って思ってくれそう。

壇　昔は人間の滅びをさんざん見てきましたけど、こんどは人間をつくるのかー。

親になった途端に世俗化する芸能人

林　ただしちょっと心配なのは、子供ができると世俗にまみれて変わってしまう芸能人が多いことなんですよね。たとえばお笑いの人は、子供が産まれると受験のことを考えてしまって、もう裸芸はやめておこう、とかさ。本来の芸を封印して、バラエティのＭＣみたいな無難な仕事を選ぶようになったりするのよ。

壇　私自身、いまのような仕事を続けるなら、子供は難しいと思っちゃいます。いろいろ良くない想像をしちゃうんですよ。私の経歴みたいなものを引き合いに出されて、子供が学校で攻撃されるんじゃないかとか。そうなったら、もう海外に脱出させるしかないかもしれない、なんてことまで考えたりします。

林　それはないんじゃないかな。たとえば宮沢りえちゃんだって『Santa Fe』（朝日出版社刊）で脱いだりしたけど、お子さんは何も気にしてないと思うよ。

壇　普通の女優さんの場合は、「仕事として脱いだ」と正当化できるんですよ。でも私の場合、二九歳で芸能界に入る前の段階で、未来の我が子を守るための材料を削ってしまうような暮らしをしてきたので。世間の目に対抗して頑張れるかどうか。芸能界から離れてしまえば何も問題ないと思いますけど。

林　それはちょっと考えすぎじゃない？　防御の姿勢が強すぎるような気がする。

壇　文春砲を怖がりすぎですかね（笑）。

林　過去にいろいろあっても、素敵なママタレになってる人は大勢いるじゃないですか。だけど、子供を持つと誰でも「いい学校に入れたい」みたいなことを考える人間になっちゃうのよ。そういう世俗化が心配。

壇　自分ではそうはならない気がしますけど、いざとなると違うんですかね。

林　我が子のことになると人は変わるのよー。「この人が息子や娘をこんな学校に入れるの？」とビックリするケースは多々ありますから。子供をいいところに入れることで自分の経歴もロンダリングしてるみたいな印象を受けちゃうの。そういう俗っぽい生き方は、壇蜜さんには似合わない。

壇　まあ、そもそも私自身、子供はそんなに好きじゃないんですけどね。ただ、産めば喜んでくれる家族もいるんだよな、と考えることはあります。母もそうですけど、子供のいない叔母と叔父がいまして。二人は私が小さい頃から子供のように可愛がってくれているんですけど、姪（めい）の私も大人になってしまったので、分身と引き合わせるのもいいな、と思ってみたりもするんです。

第六章　死ぬことと、生きること

遺体を見すぎて「死」が分からなくなった

林　いろんなお話をうかがってきて、壇蜜さんの世界観や人生観がとてもユニークで刺激的だということが分かりました。その背景には小学校から大学まで女子校育ちという要素があるようだけど、たぶん、それだけじゃないですよね。女子校育ちの人は世の中に大勢いるわけだし。そこでもう一点、エンバーミング（遺体衛生保全）のお仕事を経験されたことも壇蜜さんの考え方や感覚に影響を与えてるような気がするんですけど、いかがですか。

壇　あの仕事を経験するのとしないのとでは、死生観みたいなものがまったく違っていたと思いますね。それ以前は単純に「人はみんないつか死ぬのだから、自分もいつか死ぬ」と思っていたんですけど。仕事をして日常的にご遺体を見ているうちに、逆に自分が死ぬことが想像できなくなってしまったんですよ。

林　普通に考えたら、ご遺体を見れば見るほど自分の死も実感できるような気がするけど、そうではないんだ。

檀　あまりにもたくさん見すぎると、生きるとか死ぬとかということが、よく分からなくなってくるんです。解剖や修繕をやりながら、横たわっている人を不思議な気持ちで見ていましたね。ただ、その仕事をしている時は心がすごく落ち着きました。

林　そういうものなんだ。

檀　はい。ご遺体は、葬儀の前に顔と手を特にきれいにすることが多い。顔はお化粧をするので葬儀に参列された方はご覧になると思いますが、手は意外かもしれませんね。でも実際は、爪の手入れを入念にやっているんです。特に長患いだった方の場合、爪の中によごれが溜まりやすい。それをきれいに落として、一本一本の指に丁寧にクリームを塗っていると、自分がそこでそうしていることが心の底から嬉しく思えましたね。いまの芸能界の仕事はもちろん好きですけど、亡くなった方の手をきれいにするのは、私が経験した中ではいちばん尊い仕事でした。

林　そのお仕事には資格が必要なんですよね？

檀　遺体衛生保全士という民間資格です。火葬が立て込んでいて長く保全しなければいけない時や感染症が心配される時など、血液とホルマリン溶液を入れ替えます。

林　以前に『おくりびと』という映画がヒットしましたけど、あれともまた違う？

壇　あれは納棺師のお話ですから、エンバーマーとは少し違いますね。私たちはケミカルな作業が中心で、自分も若干ですがホルマリンに被曝（ひばく）しながら働きました。発ガン性があると聞いた時はドキッとしましたね。

檜（ひのき）の香りがした最期のワイシャツ

林　いずれにしても、ちょっと巫女（みこ）的な感じもありますよね。

壇　ええ。やっていることには宗教性が薄いですが、精神的にも肉体的にも巫女的な要素が求められるような気はしました。

林　死者に寄り添うわけですからね。

壇　おじいちゃんのご遺体にシャツを着せている時、すごく良い香りがしたことがありました。私たちは白衣にマスクという恰好で作業をするんですが、そのマスク越しにも伝わってくる。そんな経験はなかったので、不思議でした。それで、「これは何の香りだろう？」と思って、ちょっとだけマスクを外してご遺体の胸のあたりに顔を近づけて嗅いでみたんですよ。シャツから、檜の香りがしました。残された奥様が、旅立つ旦那さんのために用意されたものでしょう。シャツに檜の香りをつけられるクリーニング店、あるんですよ。あの時は、ご遺族と故人の絆のようなものを感じて、嬉しかったですね。

林　ご遺体はお年寄りばかりではないんでしょう?

壇　もちろん若い方もいらっしゃいますし、胎児も経験があります。

林　あらー。それはお母さん、泣いちゃうだろうな。

壇　お母さんは行方不明でした。

林　ああ、可哀想すぎる……。

壇　胎児はエンバーミングできないことが多いですが、そのときは「せめてホルマリン溶液から出して、きれいな箱に入れてあげよう」ということになって。抱っこしたまま慎重に洗ってあげて、ちょうどいい桐の箱があったので、それに入れてあげました。

林　ご遺体の死因はみんな分かるんですか。

壇　病院の助手時代の話になりますが、普通におうちで亡くなられた方も、カルテには亡くなった状況が書いてあります。それを私たちが裏付けるために調べるんです。たとえば夕飯の最中に突然苦しんで倒れたと書いてあれば、胃の中を見て何を食べたか調べたり、喉を切開して異物混入がないか調べたり。ふくらはぎ周りの血管を調べ、血栓が飛んでいないかどうか探したりもしました。

林　そういうのは法医学の先生がやることだと思ってた。

壇　そうです。法医の助手でした。

林　なるほど、お医者さんと一緒にやるんですね。

壇　はい。先生が「ここ開けて」と指示して、私たちがやる。だいたい三人で一チームですね。先生は脳の断面や気管部の窒息の可能性、心臓疾患の様子などを重点的に見るのと、取り出した臓器を切ったり組織の回収をしたり。私たちは、先生の指示どおりに臓器を出すのがおもな役目です。

林　執刀は壇蜜さんたち助手がして、取り出したパーツをお医者さんが見る。手術みたいに無影灯の下でやるんですか？

壇　いいえ、普通の蛍光灯の下ですよ。ご遺体の足下に先生、私はおなかのまわりをグルグル回りながら作業します。

林　脂肪を切る時は独特の感触があると聞いたことがありますけど。

壇　そうですね。肋骨（ろっこつ）から胸筋を剝がしたりするのも、独特な感触があります。

人は肉である

林　そのお仕事は女性が多いんですか？

壇　女性が多いです。男の人もいないことはないけど。

林　どうして女性は耐えられるんだろう。

壇　故人様に敬意はあります。しかし、仕事はしなくてはいけません。「人は肉だ」と部分部分で解釈して受け入れるのが、男の人より早くできるんだと思います。そう解釈できた人が続くかも。あの世界は。

林　人工知能の研究者と話をした時、「ＡＩは人間の脳と同じような機能を持てるけど、当然ながら生命は持てない。それが人間との決定的な違いだ」とおっしゃってたんですよ。ちょっと、それを思い出しました。生命を持たない肉片、という感覚かな。

壇　そうですね。自分たちと同じ形をしているけど、命はそこにない。そう解釈することで一線を引かないと続けられませんよね。でも男性は、どうしても「これが自分だったら……」と考えやすいんだろうと思います。もちろん男性のなかにもその仕事に向いてる人はいましたけど。前に、「女だから損」と「でも私は女だから」の両方で自分をサンドイッチするという話をしましたけど、その仕事を通じて「女のほうができること」を経験したので、そういう考え方をするようになったのだと思います。

林　同年代の若い女性のご遺体もあったでしょうけど、そういうときは、自分の身と重ね合わせて考えてしまったりしました？

壇　特に自殺の場合は、ふと考え込んでしまいますね。

林　「自分は元気に強く生きていこう」みたいにポジティブに考えることも？

壇　あ、それは無理です。「この人の分まで明日から頑張るぞ」みたいなことは考えられない。

林　そうか。やっぱり、経験しないと分からない重さみたいなものがあるんでしょうね。でも、そこで抱えた気持ちをどうやって日常に戻すの？　死者に寄り添いつつ、仕事が終わればごはんを食べたり、恋をしたりしなきゃいけないわけだけど。

壇　ひたすら飢えと渇きを待ちます。おなかが空いたり、喉が渇いたりすると、元に戻るんですよ。

林　へえ。なんか哲学的な話ですね。

壇　檜の香りは例外で、やっぱり血の匂いや腐敗臭などが強い。嗅覚から、どんどん現実感が奪われていく。それをリセットできるのは、飢えと渇きしかないんです。腐敗したご遺体と向き合っていても、作業をしているうちにおなかが空いてくると「よかった、今日も大丈夫だ」と思えました。

銀座への出勤前にマンガ喫茶でシャワーを浴びた日々

林　おかしなこと聞いちゃうけど、飢えや渇きのほかに、性的な欲望が湧いたりはしませんでした？　なんでこんなこと聞くかというと、知り合いのお医者さんから「手術の時はアドレナリンが異常に高まるから、医者が淫乱なのは当たり前なんだ」という話を聞いたことがあるんですよ。欲情が高まることを医学的に説明できるから、それが悪いことだとはちっとも思わないいんだって。その人、手術室で看護師さんとしたこともあるって。

壇　私はそうはならなかったですね。むしろ、そういう気持ちになりにくかった。お医者さんの手術は生きて動いてる患者さんが相手ですから、ご遺体が相手の仕事とは違うのかもしれませんね。

林　そのお仕事をしながら、銀座にもお勤めしてたんですよね。たぶん、エンバーミングのお仕事のあとの壇蜜さんは、普通とは違う特別な空気を纏(まと)っていただろうと思うけど、それをお客さんに指摘されたことはない？　「なんだか今日は雰囲気がいつもと違うね」とか。

壇　そう言われるのが嫌で、銀座に出勤する前に漫喫でシャワー浴びてました。

林　マンガ喫茶のシャワーですか。

壇　吉祥寺の満喫に寄って、体を洗って匂いを落としてましたね。受付の人にも顔を覚えられていて、行くと向こうから「シャワーですね」と。

林　そこで着替えてから銀座に行くんだ。なんだか、ようやく壇蜜さんの不思議な雰囲気がどんなものからできているのか、分かってきたような気がする。きっと、どこかに「死」の要素が漂ってるんだよね。

壇　自分では不思議かどうか分かりませんけど、たぶん、半分死んでるのかも（笑）。短い間ですが、そういう世界を見てきたので。

林　そういう世界を経験してきた壇蜜さんにとって、芸能界というのはどんな場所なんだろう。蛍光灯の下で死者の臓器を切り開いてた壇蜜さんが、いまはスタジオの照明の下でお芝居したり、お喋りしたりしてるわけですよね。それって、どんな感じ？　この世の中はすべて束の間の世界のように感じられたりする？

壇　たぶん、そこで照らされてるものは同じなんですよ。どちらにしても、やっぱり人は肉だと思ってしまいますね。

林　生きている人も肉に見えるということですか？

壇　たまに、目の前にいる人の脾臓（ひぞう）のことを考えちゃったりします。脾臓って、「切痕（せっこん）」という切れ込みがあるんですが、これが謎めいてるんです。人によって数が違っていて、その数が遺伝するわけでもない。無い人もいて。そもそも、なぜ切痕があるのかも分からないんですよ。ちょっと描いていいですか。（紙にペンで描きながら）脾臓はこんな形をしていて、ここに切痕がいくつかあるんです。

林　何も見ないで脾臓をすぐ絵に描けるのがすごいな。もし壇蜜さんがガンの診断を受けても、クールに「ああ、そうですか」と言いそうな気がしちゃう。

壇　いやいやいやいやいや。もちろん何度も見てきましたけど、だからこそ怖いです。みんな「ガンは本当に悪い顔をしてる」と言いますね。

林　ほかの病気とは違うんだ。

壇　ガンのかたまりを切らせてもらったら、なんというか、「これは体のなかに備わっていてはいけないな」と思いたくなる色をしてました。白と青と紫が混じったような、ややグレーがかった色。それで、すごく堅いんです。それを見た時は「ああ、ガンと目が合ってしまった」と思いましたね。何とも言えない「表情」があるんです。

死に方は選べない

林　どのご遺体もそうやって解剖するわけではないんですよね？

壇　はい。そのガンの時は、解剖を依頼されたケースでした。

林　じゃあ、顔とか手とか見えるところだけをきれいにすることもあるんだ。

壇　エンバーミングなしで、体を洗ってメイクして服を着せるだけのこともあります。私たちはそれを「ケース1」と呼んでました。「ケース2」が通常のエンバーミング。エンバーミングもできないほど損傷が激しい時は、納体袋にきれいに入れる。それが「ケース3」です。

林　そうやっていろんなご遺体を見てきた壇蜜さんは、「幸福な死に方」ってあると思いますか？

壇　ないです。みんな、何かしらの悔いや無念な思いなどを残して、「ああ……」と呻きながら死んでいくんだと思います。

林　よく「ピンピンコロリ」が理想の死に方だといって、お年寄りたちがそのためにウォーキングなんかしてるけど。

壇　統計的にはそういう死に方をする人もいるでしょうけど、ほんの数パーセントにすぎませんからね。それを目指す気持ちや努力は大事にしてほしいとは思いますけど。

林　うちの父親が九二歳で亡くなった時、その二日前に「俺は十分に生きたから、余計なことはするな」と私たち家族に言ったのよ。そのあと、テレビを見てる時に具合が悪くなって、そのまま入院先で息を引き取った。

壇　それは貴重な数パーセントでしょうね。

林　最期まで父はツイてたのかもしれないね。今年の六月には、母も一〇一歳で亡くなりましたけど。

壇　残念でしたね。でも、ご両親そろって長生きなさいましたね。

林　死ぬことがよく分からなくなったとおっしゃってたけど、壇蜜さんはどんなふうに死にたいですか？

壇　親より先に死ななければ、何でもいいと思ってます。

林　そうだよね。私も父みたいな死に方が理想ですけど、「こう生きたい」と思ったとおりに生きられる人なんていないんだから、「こう死にたい」と思ったとおりに死ねる人もいないんだろうと思う。病院のベッドでたくさんの管につながれて生かされるのはあまり好きじゃないけど、それも運命なら仕方がない。

壇　死に方を選ぶのはすごく難しいことですよ。

孤独死を救う「ミトリスト」に

林　でも、壇蜜さんって、あんまり長生きしそうもないよね。

壇　そうなんですよ。

林　自分でもそう思うでしょ？　そんな感じがする。八〇歳とか九〇歳の壇蜜さんは、ちょっと想像できない。すごく失礼なことを言ったかもしれないけど、美しいままスーッと逝きそうなイメージがあるのよ。

壇　それはいいんですけど、うっかり五〇歳ぐらいでこの世を去ってしまうと、両親が残される可能性があるので、それは避けたいです。あと、マネージャーも（笑）。父と母とマネージャーを看取（みと）るのが、最低限の人生の目標なんですよ。

林　コワモテのマネージャーさんも？

壇　その前に良縁に恵まれて結婚でもすれば別ですけど。

林　ああ、マネージャーさんも独身なんだ。だけど壇蜜さんも、このまま独身だと、みなさんを看取ったあとで寂しくならない？

壇　私の看取りは、作家の羽田圭介さんがやってくれるそうです。

林　え？　なんでそこで急に羽田圭介さんの名前が出てくるのかさっぱり分からないけど（笑）、あらまあ、それはそれは。

壇　番組の収録中、試しに頼んでみたら、「別にいいです」と言ってくれたんで、とりあえず羽田さんに看取ってもらうまで頑張って生きようと思ってます（笑）。

林　そうなんだ。やっぱり、結婚する気はあんまりないんですね。

壇　まあ、縁があればとは思いますけど。親を看取る時に一人ではできないこともあるでしょうから、力を合わせて進んでいける人がいたらいいかな、と。でも、その人と生涯連れ添うというのは想像がつかないんですよ。林先生は、旦那さんと生涯連れ添うわけですよね。ご先祖さまが別れさせてくれないようですから（笑）。

林　娘に言われてるのよ。「ママは『おじさんを孤独死させない協会』から派遣されたボランティアなんだから、ちゃんと面倒を見てあげなきゃダメだよ」って。

壇　すごいボランティア団体ですね（笑）。私も「ミトリスト」としてボランティア登録しようかな。

林　いいですね、ミトリスト。うちの旦那も、壇蜜さんに看取られたほうが喜ぶと思う。全財産あげちゃうよ、おじさん。

壇　あちこちの方々を看取りに行くなんてすごい話ですが、求められたら考えちゃいます。

林　お金持ちで独りぼっちの人は、大勢いるからね。仲代達矢さんのミトリストとかいいんじゃない？　素晴らしい男性なんだけど、奥様に先立たれて、お子さんもいらっしゃらないのよ。無名塾の人たちもいるでしょうが、やっぱり一人で死なせるのはさみしいような気がして。

壇　私が仲代達矢さんのミトリストになるんですか！　それは週刊誌が飛びつきますね。

林　その前に、高倉健さんのミトリストになるべきだったね。

夫婦が最期まで添い遂げるには

壇　夫婦が最期まで添い遂げるのが私には想像がつかないんですが、大部分のご夫婦はそうなさっているわけですよね。

林　まあ、諦めてそうするしかないんじゃないかな。

壇　諦めですか（笑）。よくプールで一緒になる七〇代の女性がいるんですが、彼女は「旦那は旦那で」と言ってました。褒めてほしいとか、愚痴を聞いてほしいとか、そういう気持ちはもう持っていない。あまり期待しないんだそうです。

林　そうそう。

壇　「だから私はこうしてみんなに会いにプールへ来てるんだ」とのことでした。お茶目な人です。

林　そのプールに行けるだけのお金を旦那さんが稼いでくれてるんでしょうけどね。私なんかそれもないから、一緒にいるのはただのしがらみでしかありませんよ。みんな、死ぬまで添い遂げるのが当たり前だと思ってるフシもあるけど、それは五〇年か六〇年ぐらいしか生きられなかった時代の常識じゃないかと思う。いまの日本みたいに人生八〇年の時代になったら、途中でチェンジしないと保てないんじゃないかな。

壇　六〇代から七〇代ぐらいの女性は、みなさん、旦那さんが先に亡くなると「楽になった」「気楽でいいわ」とおっしゃいますよね。もちろん悲しみの後の気持ちでしょうが。

林　それは楽しいでしょー。六〇代ぐらいで旦那さんがお金を残して亡くなってくれたら、いちばんラッキー。加藤登紀子さんが昔、イベントのスピーチで「旦那さんは奥さんより一〇年早く死んであげないと可哀想でしょ」とおっしゃってましたよ。その一〇年が奥さんの人生の黄金期。友達と海外旅行でも何でもして、思い切り楽しめるんだから。

壇 いつまでもベッタリ寄り添い続けるのは、やっぱりキツいですか。

林 よっぽど仲のいい夫婦は別だけど、キツいと思いますよ。仲がいいと、こんどは別れがキツいんですけどね。中村勘三郎（一八代目）さんが亡くなった時、奥さんが「こんなに夫を愛しすぎると、こんなにも辛いんです」とおっしゃってましたよね。

壇 いずれにしても、結婚生活の終盤はキツいということですか。

林 どうあがいても、女と男の関係は理不尽なものなのかもしれない。

壇 それでも、自分の選んだ「箱庭」の中で生きていくしかないんですよね。今回はいろいろなお話ができて、とても楽しかったです。どうもありがとうございました。

林 こちらこそ、良い刺激をたくさんいただきました。壇蜜さんは、ある種の革命家だよね。目からいろんなウロコが落ちましたよ。どうもありがとう。

あとがき

「この世には男と女しかいない」。一昔前まではごく普通に用いられていた言葉だった。私も何度か使ったかもしれない。ところが今はどうだろう。もし私が「この世には男と女しかいない」などと言おうものなら、さあ大変。たちまちネットニュースにて「アイツ、こんなこと言った!!」と報道され、ニュース欄のコメントやスレッド内にて「心と体の性が不一致の人だっているんですよ!!」とか「セクシャルマイノリティを差別する発言なんじゃないんですかー!?」などと言われ、取り消しと謝罪を求められるだろう。その後は「差別女」「炎上ビジネス」などと揶揄(やゆ)される未来が待っている。自意識過剰なんかではない。本当にそういう時代になったのだ。

時代は変わった。多様化に対応すべく皆尽力し、便利で個人個人が守られるような過ごしやすい暮らしを送っている。しかし恋愛や交流、結婚等、「結びつき」に関する悩みと不安は尽きるどころか増えるばかり。私のもとに恋愛指南や悩み相談の連載や番組の企画が定期的に来るくらいだから、皆相当困っているのだろう。なぜ透けた布に乳首を押し当てたり裸で流木に抱きつくグラビアを撮られる者が経験豊富に見えるのか？　……という謎は未だに解明できないのだが、受けられる仕事は受けている。「結婚後のセックスレスを何とかして」という問いに「セックスレスになるくらいお互いがお互いを親身に見ているのは良いことだと思う」と答えて、とある編集者に「もうちょっと何かこう……たとえばセクシーな下着で誘うとか……」とあきれられたこともあったっけ。

これからも一人が抱える問題は深く多くなり、不寛容なムードは濃厚になり、一時の過ちを暴かれれば挽回できなくなり、社会的に抹殺されるような世間になるだろう。規制と監視に震えながら、ミスした他人の傷口をよってたかって広げる世界……それが今後の日常となることが今回の対談からうっすら読み取れる気がした。私は後ろめたいことが数多くあるので、暴かれていない今のうちにしっかり仕事をして貯め込んでおかねばと思った。

救いがあるとすれば、人は時代に流されながらも自己を見つめる力があることだ。「流行りは流行りだけど、自分は……」と立ち止まることで、集団パニックから脱するチャンスを得られる。「されて嫌なことはしない」「明日は我が身」「自分がおかしくならないとは限らない」……そんな言葉に触れられれば、悪口天国までの道は遠のくだろう。
具体的にどうしたらいいかって？　もう一回この本を読めばいいのさ。

ありがとう。

二〇一七年九月

壇　蜜

構成／岡田仁志
撮影／丸谷嘉長

林 真理子（はやし まりこ）

作家。一九五四年山梨県生まれ。『最終便に間に合えば／京都まで』で直木賞、『白蓮れんれん』で柴田錬三郎賞、『みんなの秘密』で吉川英治文学賞を受賞。

壇 蜜（だん みつ）

タレント。一九八〇年秋田県生まれ。映画『甘い鞭』で日本アカデミー賞新人俳優賞を受賞。著書に『はじしらず』『壇蜜日記』などがある。

集英社新書〇九〇九B

男と女の理不尽な愉しみ

二〇一七年一一月二二日 第一刷発行
二〇一七年一二月二七日 第三刷発行

著者……林 真理子／壇 蜜
発行者……茨木政彦
発行所……株式会社集英社
東京都千代田区一ツ橋二-五-一〇 郵便番号一〇一-八〇五〇
電話 〇三-三二三〇-六三九一（編集部）
〇三-三二三〇-六〇八〇（読者係）
〇三-三二三〇-六三九三（販売部）書店専用

装幀……原 研哉
印刷所……凸版印刷株式会社
製本所……加藤製本株式会社

定価はカバーに表示してあります。

ISBN 978-4-08-721009-5 C0236
Printed in Japan

a pilot of wisdom

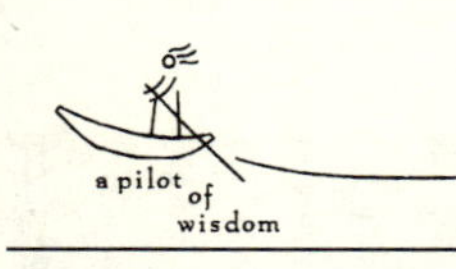

集英社新書　好評既刊

十五歳の戦争 陸軍幼年学校「最後の生徒」
西村京太郎　0895-D
エリート将校養成機関に入った少年が見た軍隊と戦争の実像。著者初の自伝的ノンフィクション。

ナチスの「手口」と緊急事態条項
長谷部恭男／石田勇治　0896-A
ヒトラー独裁を招いた緊急事態条項は、自民党改憲案と酷似。憲法学者とドイツ史専門家による警世の書！

名門校「武蔵」で教える東大合格より大事なこと
おおたとしまさ　0897-E
時代が急変する中、独特の教育哲学を守り続ける名門進学校の実態に迫る〝笑撃〟の学校ルポルタージュ！

すべての疲労は脳が原因3〈仕事編〉
梶本修身　0898-I
過労や長時間労働が問題である今、脳を疲れさせずに仕事の効率を上げる方法は？　好評シリーズ第三弾。

いとも優雅な意地悪の教本
橋本　治　0899-B
他者への悪意が蔓延する現代社会にこそ、人間関係を円滑にする意地悪が必要。橋本治がその技術を解説。

「本当の大人」になるための心理学 心理療法家が説く心の成熟
諸富祥彦　0901-E
成長・成熟した大人として、悔いなく人生中盤以降を生きたいと願う人に理路と方法を説いたガイドブック。

世界のタブー
阿門　禮　0902-B
日常生活、しぐさ、性、食事……世界中のタブーについて学び、異文化への理解と新たな教養がつく一冊！

人間の値打ち
鎌田　實　0903-I
人間の値打ちを決める七つの「カタマリ」を提示し、混迷の時代の〝人間〟の在り方を根底から問い直す。

物語 ウェールズ抗戦史 ケルトの民とアーサー王伝説
桜井俊彰　0904-D
救世主「アーサー王」の再来を信じ、一五〇〇年も強大な敵に抗い続けたウェールズの誇りと苦難の物語。

ゾーンの入り方
室伏広治　0905-C
ハンマー投げ選手として活躍した著者が語る、スポーツ、仕事、人生に役立ち、結果を出せる究極の集中法！

既刊情報の詳細は集英社新書のホームページへ
http://shinsho.shueisha.co.jp/